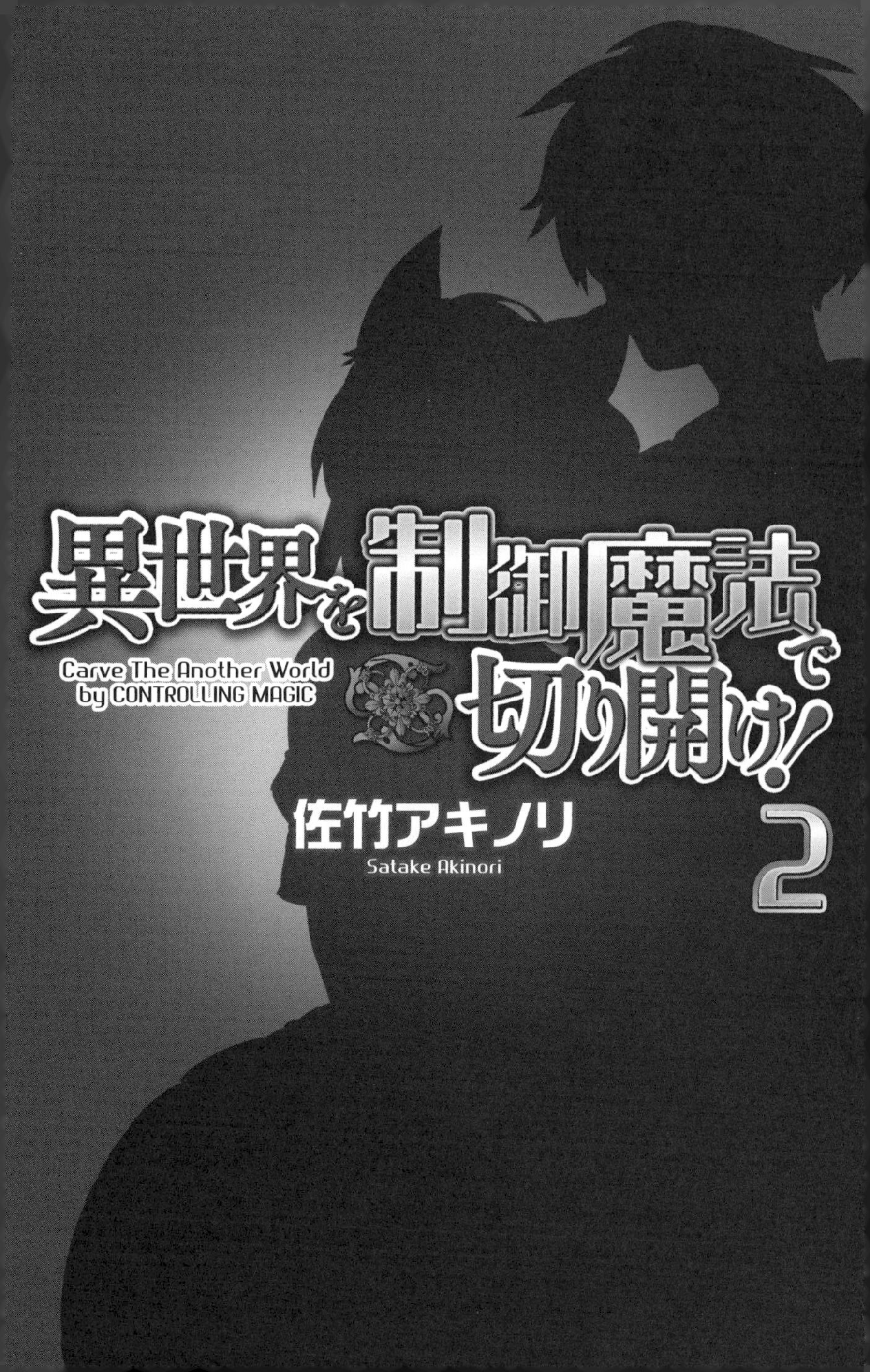
異世界を制御魔法で切り開け！
Carve The Another World by CONTROLLING MAGIC
佐竹アキノリ
Satake Akinori
2

主な
登場人物
Main Characters
バート
アーベライン領の冒険者。
高い実力を持つも、
軽薄でお調子者。
セラフィナ
エヴァンに付き従う
獣人の女の子。
時空を操る魔法に
高い適性を持つ。
エヴァン・ダグラス
異世界に転生した主人公。
貴族である生家から出奔し、
冒険者となる。
制御工学の知識を
魔法に活かすべく奮闘中。

水龍
魔物を統べる「盟主」の一体
ながら、守護者として
崇められる稀有な存在。
アシリレラ
コタンシュの幼馴染
にして婚約者。
コタンシュ
水龍を奉る一族の少年。
将来の長として水龍の異変
を気にかける。

プロローグ

ハンフリー王国の王城内を、兵たちが慌ただしげに動き回っていた。しかし、規律が乱れているわけではない。兵はおろか、怠慢《たいまん》になりがちな貴族どもでさえ、職務に精を出している。

他国から訪れた賓客《ひんきゃく》は、この城の有様を見て、恐怖政治でも敷いているのかと思うことが多々ある。世の王たちは、家臣をいかにして働かせるかに腐心《ふしん》しているが、成功しているとは言い難《がた》く、だからこそ、ここの状況は奇妙に思われるものだった。まるで洗脳でもされているかのように、皆がてきぱきと働くのである。

彼らの疑問に輪をかけるのが、ハンフリー国王の存在だった。若い頃には多少は期待されたこともあったが、これまで目立った功績もなく、ここ数年では政治に口を出すことも滅多になくなった。僅かな才能さえ枯渇《こかつ》してしまったと言われている。もはや王とは名ばかりで、消え入ってしまいそうな存在感しか持ち合わせてはいなかった。

代わりに王城内で飛び交うようになったのは、王太子の名であった。若く、十にもならないうちから政治に関わり始め、すぐさま才能を開花させたのである。

もちろん、いかに立場が上とはいえ、貴族たちが初めから王太子に唯々諾々《いいだくだく》と従ったわけではない。子供だと侮《あなど》っていたのは間違いないだろう。

しかし、赤子を騙していたつもりの貴族たちは、すぐに思い知ることになった。弄《もてあそ》ばれていたのは、自分たちの方だったのだと。

王太子の予見は、すべて見事に的中した。たったの一度も外れることがなかったのである。ある者は震え上がり、ある者はこびへつらい、そして牙を向けた者は手ひどく叩きのめされてしまった。

様々な思惑が飛び交う中、王太子が止まることはなかった。自身に注目が集まっていることさえ、使える手段が増えた程度にしか思っていなかったのかもしれない。

次第に、彼の意志を妨げる者はいなくなる。そして、この国の内情は変わり始めた。

その王太子、今は王城の一室で虚空《こくう》を眺めていたかと思えば、ふと呟いた。

「はてさて、人というものは上手くいきすぎると不安になり、安寧《あんねい》を求めて妄信《もうしん》せずにはいられないのだろうな」

何気ない言葉だったが、自分にも当てはまるものなのではないかと王太子は思った。しかし、一般の民と異なっている点は、たとえ失敗してもそれはそれでよいのではないかと考えているところである。

「そんなことを言っている場合？　あなたの未来でもあるのよ」

許可なく入ることなど、父王ですら憚《はばか》るというのに、いつの間にか、部屋の片隅に女性の姿があった。美しい緑の髪を揺らしながら、彼の元へと歩み寄っていく。

王太子は彼女を一瞥《いちべつ》すると、口元を僅かに上げた。優しげなものだったが、これまで彼と長く付き合ったことがある者が見たならば、見事な作り物の笑みに震え上がったかもしれない。

「確かに俺の未来でもあるが、君の未来でもある。悩むのは俺の仕事ではなかろう」

女は一瞬だけ、呆れたように嘆息するも、すぐに元の無表情に戻った。

「軍備の方は？」

「滞《とどこお》りなく。すわ、戦争か？」

「冗談ではないわ。アーベライン領には手を出さないで」

「ふむ……兵を集めろと言った次は、戦わせるな、か」

王太子はおもちゃを取り上げられた子供のように、不満を露《あら》わにする。女性は気遣ったのか、あるいはただ役割を知らせるためか、

「時が来れば、貴方にも大役が与えられるでしょう」

と告げた。声音《こわね》に優しさは微塵《みじん》も込められておらず、底冷えするような寒々しさだけが残っていた。

「所詮《しょせん》、俺は彼の描く運命を華やがせるための端役《はやく》に過ぎないということか。すべてこの手で台無しにしてみたくなるな」

不敵に笑う王太子とは対照的に、女の視線は鋭くなる。業火《ごうか》のように赤い瞳の奥で、苛烈《かれつ》な感情

が燻《くすぶ》っていた。

けれど、彼女の口から告げられた言葉は、やはり冷め切っていた。

「もし、あなたが運命にないはずの行動をしたら、どうなると思う？」

「はてさて、俺はその運命とやらを知らぬ。何が運命において正しきことか、もな」

「何も難しく考えることはないわ。そうね、あなたが一日、本来の公務を放置して出かけたとしましょう。このとき、仕事が溜まるわ。どれほど後に努力しようとも、『遅れたという事実』は消えることがない。そして町では、お遊びで出てきた王太子を見るべく、パン屋は窯《かま》を弟子に任せ、農家は耕作を中断するでしょう」

王太子は彼女の言葉に続ける。

「それだけで終わればよいがな。弟子が失態を犯せば店主は路頭に迷い、農民が不在の間に田畑を食い荒らされれば、家族の誰かが奴隷《どれい》に身をやつすことになる。本来ならば、平穏に暮らせたものを」

「だから、そのようなことがないよう、お願いするわ」

念を押すように、女は強く言った。王太子は肩を竦《すく》め、それから居住まいを正した。

「大事だからこそ、取り返しがつかないほど壊れるところを見てみたくなるのだよ。何、案ずるな。そのようなこと、俺に限ってはあるまい。天佑《てんゆう》と共にあるのだから」

「破滅への導きかもしれないわ」

「構わんさ。最後のときを、満足がいく形で見届けられれば、それでよい」

王太子が言い切った瞬間、ドアがノックされた。彼はすぐに入室の許可を与える。入ってきたのは、貴族の一人だった。

彼はこの部屋に二人だけしかいないことを確認すると、報告を始めた。

「殿下、件《くだん》の御下命《ごかめい》、果たして参りました」

「ああ、ご苦労。無事達成できたのだな」

「は……殿下、お聞きしても？」

「何だ」

「いかに領主が私腹を肥やしていたとしても、私財を取り上げられたならば、兵の維持ができかねます。増税に走るやもしれません」

この家臣の率直な物言いが、王太子は嫌いではなかった。愚鈍《ぐどん》な忠臣より、怜悧《れいり》な奸臣《かんしん》の方が、よほど性《しょう》に合っていた。もし、裏切りにあったとして、それはしかと制御することのできなかった自身の力不足に過ぎないのだから。何より、その方が面白みに富《と》んでいたから。

「本来あるべき形に戻っただけのことよ。後の失策は、すべて奴の責任であろう。なに、いざとなればこちらから兵を送ればよい。それに、冒険者がいるではないか」

「冒険者、でございますか」

男は戸惑いの表情を浮かべた。さもありなん、冒険者などというものは、その日の暮らしにも困って、金のために働く者たちだ。統括する冒険者ギルドの経済的な規模もさほど大きいわけではなく、取り立てて言うほどのものではない。まして、王太子の口から出てくるべき言葉ではなかった。

しかし、王太子は続ける。

「彼らは金さえ払えば、働いてくれるだろう。目に見えぬ結びつきより、よほど信頼が置けるではないか」

「左様でございますか」

男がこれ以上、言及することはなかった。王太子が突飛《とっぴ》なことをしでかすのは、いつものことだと思ったのかもしれない。

代わりに、男は平時の連絡を告げる。

「殿下の本日の予定でございますが、定例会議のほか、ハーヴィー司教が謁見《えっけん》の申し出をされております。どうかご出席いただきますようお願い申し上げます」

「うむ。案ずるな、わかっておる」

男は用件を終えると、無用なことは言わないに限るとばかりに、そそくさと退室していく。その後ろ姿が扉の向こうに消えてしまうと、王太子は一室を見回した。女の姿はどこにもなかった。

1

エヴァン・ダグラスは、早朝に目が覚めた。隣に視線を向けると、すうすう、と寝息を立てている獣人の少女セラフィナの姿がある。みかん色の髪は朝日に照らされて鮮やかに輝いていた。僅かに乱れた髪に隠された頬《ほお》は、すっかり幼さが抜けてきて、女性らしさが芽生えつつあった。形のよい瞼《まぶた》に添えられた睫毛《まつげ》は艶《あで》やかで、肌の白さを一層引き立てている。

金糸《きんし》のような髪の中にある狐耳《きつね》は、毛並みがよく上品に感じられる。どれほど上質な絹だろうと、この美しさは出せないだろう。

楽しげに小鳥たちが鳴き始めると、狐耳を小さく揺らしながら、セラフィナはうっすらと目を開けた。

「……エヴァン様。おはようございます」

「おはようセラ。今日は旅立ちにふさわしい好天だよ」

目を擦《こす》るセラフィナは、穏やかな表情を浮かべていた。それから暫《しばら》く、エヴァンの方をじっと眺めてくる。

そこにはたった一つの言葉もなく、けれど何にも代えがたい居心地の好《よ》さがあった。

エヴァンは今日、冒険者としての活動を始めたこの町を発つことになっていた。

生まれ育ったダグラス領を出てから随分経つこともあって、ここアーベライン領における生活にもすっかり慣れた。だから、あえて場所を変える必要はなかったのかもしれない。

しかし、冒険者としてやっていくにあたって、重要な問題にも直面していた。これといった仕事がないのだ。辺境の町ということもあって、元々依頼は少なかったから、当然予想されていた状況でもある。

先日、コボルトキング討伐の依頼を終えたときに集まった冒険者たちは、とっくに散り散りになった。冒険者として仕事をしていれば、またいずれどこかで会うだろうとの言葉を残して。一期《いちご》一会《いちえ》のようにも思われる出会いだが、長く冒険者を続けているとまた別で、見知った顔ばかりになるらしい。

それは少ない数の冒険者だけが長らえる、ということでもある。あるいは、多くの者は長く続けることができない、と言い換えてもいい。冒険者は常《つね》に危険と隣合わせだ。重傷を負い復帰しようとは思わなくなったり、後遺症が残ったり、最悪死亡したりもする。

だからこそ、金のある間は可能な限り依頼を受けず、心身共に万全の状態を保ち続けるのが生き残るコツなのだと、ベテラン冒険者のブルーノは言っていた。それはもしかすると、無鉄砲な若さとは相反する考え方なのかもしれない。

しかし今のエヴァンは、当面は血腥《ちなまぐさ》さとは離れて、セラフィナとの生活を満喫しようと考えていた。そしてちょうど主都行きの護衛の依頼があったため、受けることにしたのである。主都ならば様々な仕事がある。きっと働き口だって、すぐに見つかるだろう。

名残《なごり》惜しさはない。どこだろうと、セラフィナがいるのだから。

エヴァンはベッドから抜け出て、出発の準備を整える。とはいえ昨晩のうちに荷物を纏《まと》めておいたため、これといってすることはない。

「案外、かさばるものですよね」

二人分の荷物を見て、セラフィナがそんな感想を漏らす。武具は身に着けていればいいものの、衣類や応急処置の道具や非常食といったものは、そうはいかない。まだ旅に慣れていないので、余計な荷物が増えているとも考えられる。

「とりあえず金さえあれば、大体は何とかなるから、もう少し荷物を減らしてみてもいいかもしれないね」

「エヴァン様、それだとすぐにお金がなくなってしまいますよ」

衣類や道具をその都度町で調達するのであれば、荷物は少なくて済む。しかしその分費用がかさんでくるため、やはり贅沢は言っていられない。もっとも、一番の原因は大した収入がないことだろうけれど。

そんなことをしているうちに、準備は整ってくる。エヴァンは忘れ物がないか確認し終えると、早速宿を出た。

もう春先になったから、早朝は少し肌寒さが感じられるものの、すっかり冬の厳しさは去っていた。これから、ゆっくりと暖かくなっていくはずだ。

それから町の端にある集合場所に向かう。家々の屋根はオレンジ色に彩られ、統一感がある。主都ではまた違った光景が見られることだろう。

やがて目的地に着くも、まだ集まっているのは半分といったところだった。

依頼主は大規模な隊商らしく、十を超える馬車が集まっていた。商人たちはせっせと荷を詰め込んでおり、忙しそうだ。本来の依頼内容ではないものの、時間が余っている二人は手を貸すことにした。

「いやー、助かりますよ。つい先ほどまで取引していたばかりでして」

この小さな町でも、出発ぎりぎりまで働かねばならないほど、仕事があるということでもある。利に聡《さと》く、金の臭いがするところならばどこにでも飛び付かずにはいられない商人の性《さが》が、この隊商を大きくしてきたのだろう。

暫くして詰め込みが終わると、その頃には冒険者たちも集まっており、早速出発することになった。

ありったけの荷を詰め込んだ馬車はゆっくりと進んでいく。その横をのんびり歩いていては置いていかれ、かといって軽く走るとすぐさま追い抜いてしまうような速度だ。

冒険者たちは馬車の周りを取り囲むようにして、ついていく。エヴァンも今回は護衛として来ているため、荷物を馬車に載せてもらえるだけありがたいというものだ。

エヴァンはセラフィナと共に動きながら、現実と魔力世界を結びつける侵食領域をうっすらと生み出す。体の表面ぎりぎりのところを維持するようにすれば、魔法を使うほどの空間はなくとも、魔力が流れ込んでくる恩恵を受けられる。

そこそこ訓練を積めば誰にでもできることなのだが、エヴァンは最近、魔力が増えたことで何とかこの恩恵を暫く維持できるようになっていた。とはいっても、他の者から見ればほんの短い時間に過ぎないのだけれど。

そうしてちょっとした訓練を兼ねながら街道を行きつつ、周囲を警戒する。ダグラス領から来たときのように、のんびりとしてはいられない。最近のここらは魔物の出没頻度が高く、加えてそこそこ強いということもあって、護衛無しでは行き来できないほどになっているそうだ。

交替で警戒を続けていると、つい先日、コボルトキングの討伐のときにもいた冒険者を見つける。確かに、案外狭い業界なのかもしれないと、エヴァンは思った。

山道に差し掛かった頃、物音を聞きつけてか、道に数体のゴブリンが飛び出した。そしてそれらは一斉に侵食領域を展開、ゆっくりとした速度で生成魔法を使用する。ダグラス領では見られなかった光景だ。

徐々に生み出される炎。それが馬車に命中すれば、積荷は台無しになってしまう。是が非でも未然に防がねばならない。

エヴァンは手にしていた連弩《れんど》でゴブリンを射抜く。まずは一体。続けて別の敵に狙いを定めていると、すぐ横をものすごい勢いで飛んでいく石が見えた。それはゴブリンの頭部にぶち当たり、鈍い音と共に転倒させる。

そして馬車の反対側にいた冒険者たちも射掛けていく。ゴブリンたちは頭数の違いを前に、なす術《すべ》もなく散っていった。侵食領域は消え、空中に生み出されていた炎がゆっくりと萎《しぼ》んで消える。

護衛に失敗すれば、その分減給されることになる。冒険者たちは、金のためだけには素早い行動を起こすのだった。

エヴァンは隣のセラフィナを見る。彼女の武器は、今のところコボルトキングの使っていた槍一本だけである。

以前使っていたものは、元々安価だったということもあって、そろそろ刃がダメになりつつあった。槍はただでさえかさばるので、無用の長物として、処分してしまっている。

「セラ、魔法使った？」

「いえ、道端に落ちているものを使いました！」

敵を見つけてから僅かな時間で、道に落ちていた石を拾い、投げたと言う。素早いだけでなく、物体に力を加える力場魔法の恩恵なしで、魔物を一発で仕留めるだけの威力を出したということでもあった。

これほど高い命中精度ならば、彼女に投擲《とうてき》用の武器を持たせるのもいいかもしれない。

それから幾度か魔物との交戦を経て、中間地点にある宿場町《しゅくば》に着いた。住人は数百人ほどの小さな町だが、主都に行くにはここを通らねばならないため、交易などを通して比較的栄えていると言える。

自警団のような形で、武装した青年たちが町を警備していた。見た目にも、装備がバラバラだ。このような組織を結成する必要があったのは、緊急時、他の町に応援を要請するにしても時間がかかり、魔物の襲撃には自ら応じるしかないからだろう。

これから辺りは闇夜に包まれていく。それゆえに、今宵《こよい》はここで一泊、ということになる。行商たちが定期的にこの町に来ているからか、誰何《すいか》の声もなくあっさりと門を通されて、町の人がすぐに集まってくる。そして彼らに向けて、商人たちは商《あきな》いを始めた。

町民たちにとって、物資はこうして通りがかる商人たちから調達するのが一番楽なのだろう。そして商人たちもまた、片手間に売りさばくことができるのは、メリットに違いない。

護衛として同行していた冒険者たちには、広い集会所のようなところが宛てがわれた。仕切りも何もないため、プライバシーが配慮されているとは言い難《がた》いが、一人あたりの空間は十分に取れるので、劣悪というほどではない。

寝床の確保を終えるとすることもなくなって、エヴァンはとりあえずセラフィナと町を見て回る。とはいっても、それもすぐに終わるだろう。なんせ、大して広い町ではないのだから。

商人たちはせっせと物を売りさばいており、物珍しがって群がる人の姿は、ダグラス領で見ていた以上に、田舎らしさを感じさせる。もっとも、地理的にはダグラス領の方が圧倒的な辺境に違いないのだが。

見知らぬ町は、人々の生活もどこか違っていて、やけに目新しさがあった。

2

ぶらぶらと町を眺めた後、隊商から提供された簡素な夕食を済ませると、エヴァンとセラフィナは横になった。不寝番《ふしんばん》には交代で立つため、時間まで休んでおくことにしたのである。

広い空間に何人も集まって寝るのは慣れなかったが、それでもすぐ二人とも浅い眠りにつくことができた。すっかり逞《たくま》しくなったのかもしれない。

やがて深夜になり、交代の時間が来る。エヴァンは寝床から這《は》い出て夜風に当たる。この付近は山々があるため、空気も新鮮だ。

自然の中にあるせいか、月明かりが眩《まぶ》しく感じられる。今宵は満月だった。

エヴァンはセラフィナと、仄暗《ほのぐら》い町を歩く。月は輝いているが、人工の明かりは馬車と町の入口にある松明《たいまつ》くらいなので、遠方は闇に包まれていた。

町民も寝静まっているのか、物音は聞こえてこない。馬車の近くに集まっている冒険者たちのところに着くと、交代して見張りにつく。

「じゃあ頑張ってくれよ」

男たちは欠伸《あくび》をしつつ、片手を上げて集会所の方に戻っていく。一方、起きてきたばかりの冒険者たちが、それぞれの持ち場についた。

町民たちによる自警団があるため、厳重に警戒する必要はないのかもしれないが、盗みを働く者がいないとも限らない、ということらしい。そしてこの辺には盗賊が出るとも聞いている。

エヴァンが馬車の近くに腰掛けると、セラフィナはその隣にちょこんと座った。周囲をざっと見回すと、馬車の近くにある松明の明かりは強いが、逆に遠方はよく見えない。それらは妙な不安を抱かせるものだったが、火に照らされて浮かび上がるセラフィナの姿はどこか幻想的で、陶酔《とうすい》しそうにもなる。

エヴァンが気持ちを切り替えるように空を見上げると、小さな無数の星々が輝いていた。あれらの一つ一つに名前なんかないのだろう。それでも懸命にきらきらと光る様《さま》は、見ていて心が動かされる。

そうしていると、冷えてきた体に、温かいものが触れた。視線を下に戻すと、エヴァンの手に触れる、セラフィナの手がある。重なり合ったところから、互いの温もりに染まっていく。

エヴァンは彼女を見る。いつもは明るいみかん色の髪は、闇夜に染められてどこか陰のある色になっていた。それは今この瞬間が夢なのではないかと、気を抜いた瞬間に消えてしまうのではないかと感じるほど、どこか儚《はかな》さがあった。

「エヴァン様とこうして、夜を過ごすのは久しぶりですね」

セラフィナは遠方に視線を向けたまま、そう呟く。

これまでエヴァンは早くに寝ていたから、夜に何かをする、ということは滅多になかった。

けれど、一度だけ強い印象を残す出来事があった。セラフィナが、自身のことを語った晩のことだ。そのときも、満月がこんな風に強い光を放っていた。

「君との生活も、あのときから始まったのだったね」

「はい。今でもはっきりと思い出せます」

「ああ。君は泣いていたっけ」

「そのようなことまで覚えてなくともよいのです」

セラフィナは口を尖らせる。けれど、本気で不満に思っているわけでもない。

じんわりと、胸中に懐かしさが込み上げてくる。エヴァンは感情のままに、言葉を紡いだ。

「君の泣き顔も、大切な思い出の一つだから。もうあのときとは立場も状況も違うけれど、これからもこうして君と夜を過ごせればと思うんだ」

「いつでもお供しますよ」

セラフィナが微笑《ほほえ》む。会話はそこまでで、後は余韻《よいん》に浸るばかり。

ゆっくりと空気が流れていき――急に木立《こだち》がざわめいた。風が変わった。静かな夜とはどこか違う鉄の匂いが運ばれてくる。

エヴァンはすっと立ち上がって剣を手にし、セラフィナもまた、すぐさま槍を構える。そして自身の体を侵食領域で覆っていく。

と同時に、影が動いた。

何かが飛来するのを感じ、エヴァンは咄嗟《とっさ》に体を捻《ひね》る。闇夜に煌《きら》めいたのは刃。エヴァンはすぐさま声を上げた。

「敵襲！」

閑静な町中に声が響く。

集会所の方でがたがたと物音がし始めるも、応援が来るまではまだ時間がかかるはずだ。見張りに立つ他の冒険者は持ち場を離れるわけにはいかないため、それまでは二人で乗り切らねばならない。

盾と連弩《れんど》に力場魔法を加え、制御魔法で空中に静止させる。そしてナイフの飛来した方向を探るも、この暗がりでは、敵の姿をはっきりと見つけることなどできはしない。

途端、急激に炎が燃え上がった。それはあまりにも激しく、周りが霞《かす》んでしまうほどのすさまじい光を放つ。

エヴァンが剣を構えた瞬間、炎とはまったく反対の方向から刃が現れた。炎に気を取られたことで、反応が遅れる。

しかし、魔法の発動に彼の意思は介在しない。自動制御により盾は素早く移動、斬撃を受け止め、甲高い金属音を立てる。

エヴァンは距離を取るべく、咄嗟《とっさ》に後方へと跳躍する。だが、それよりも早く、腹部に蹴りが放たれた。

重く強力な一撃に、エヴァンは防御すらままならず、勢いのまま後じさる。

彼の命を奪うべく追撃が加えられようとした瞬間、セラフィナが飛び出した。正確な狙いと共に、突きを放つ。今は役に立たない視力ではなく、優れた聴力に頼ったからこそできる業《わざ》だ。

襲撃者は辛うじて穂先を躱《かわ》し、大きく退《の》いた。

エヴァンは再び構え直し、敵の方を見やる。時間の経過と共に、強い光を浴びたことによる影響も薄れて、闇に慣れてくる。おぼろげだった敵の姿が次第にはっきりしてきた。

全身を覆う厚い灰色の毛皮、そして鋭い爪。それは二本の足で立つ狼の魔物、ワーウルフである。

上半身は筋肉で大きく膨れ上がり、襲った者たちから奪ったのか、体に見合わず窮屈そうな鎧と、武骨でとにかく重厚な両刃の剣を帯びている。

身体能力に秀でるのみならず、策を講ずる高い知能を持つ魔物。更に魔法まで使用できるときた。

純粋な身体能力において、エヴァンにはこの敵に比肩するだけの力を出すことはできない。たとえそうであっても、勝たねばならない。逃げ込む場所も、泣きつく相手もありはしないのだから。

これまでに磨いてきた剣技を信じ、エヴァンは剣を握る。額《ひたい》を撫《な》でていく風の冷たさに、予想以上に汗をかいていることを実感する。

ワーウルフの襲撃に備えるも、聞こえてきたのは、別のところからの足音だった。地を駆ける無数の何か。こちらに真っ直ぐに向かってくる。

嫌な予感がして、待つのをやめ、エヴァンは力場魔法により連弩の引金を引く。射出された矢は、ワーウルフの胴体目がけて向かっていく。

だが、それはあっさりと回避され、敵はかえって勢いづいた。踏み込む狼の足はすさまじい初速度を叩き出す。

一瞬にして距離を詰められると、エヴァンは集中し、敵の一挙手一投足に気を配る。一瞬の油断が命取りになる。

剣が振り下ろされると、自動制御で盾が受け止める。掻《か》い潜《くぐ》るように側面へと踏み込み、敵の胴体を切り上げた。

それはすんでのところで回避され、鎧の表面を浅く薙《な》ぐだけに終わる。だが、それだけにとどまらない。連弩は既に次を放つ状態に移行しており、至近距離からの一撃を浴びせかける。

放たれた矢は致命傷にこそ至らないものの、敵の肩を射抜き、確かな損傷を与えた。一瞬意識が逸《そ》れたワーウルフを、更にセラフィナが追撃する。

彼女は大きく振りかぶった槍を打ち下ろす。ワーウルフはぎりぎりのところで剣を構え、防がんとする。

しかしセラフィナはそれにも構わずに、力任せに振り下ろした。槍は勢いよく敵の剣を打ち付け、それでもなお止まることなく、頭部へとぶち当たった。衝撃に怯《ひる》んでいる隙に、更に槍を引き、突きを放つ。

喉元を狙った一撃は、逸らされて肩の上部に命中する。槍は勢いのまま肉と皮を抉《えぐ》り、毛を巻き上げながら、ワーウルフの重い肉体を突き飛ばした。

エヴァンは好機と見て、間合いを詰めていく。だが、ワーウルフはあえて無理な体勢から反撃に出ることはなく、その代わりに魔法を使用した。

敵の侵食領域内において高まる魔力。そして生成魔法により炎が生み出される。周囲には家屋があり、火の粉を撒き散らされてしまえば、甚大《じんだい》な被害が出るだろう。

防ぐには、相手の侵食領域を侵すか、物理的に阻害するほかない。だが、侵食領域が小さく生成魔法による攻撃がほとんど使えないエヴァンには、そのどちらもが難しかった。

剣を構えたまま敵から一歩距離を取り、敵に連弩を向け、矢を放つ。集中できずに魔法が途切れることを期待した一撃。

すると、敵はあっさりと魔法の続行をやめ、後方に跳躍した。後退のための、威嚇《いかく》に過ぎなかったらしい。

やがて冒険者たちの応援が辿り着くと、ワーウルフの呼んだ増援もまた明らかになった。それは無数の狼。魔物とはいえ魔力は少なく動物とほとんど変わらないが、元来の凶暴さも持ち続けている。

群れを成して迫ってくる様《さま》は、圧倒的な暴威とも取れる。冒険者たちは敵の数を見て慄《おのの》いた。彼らが受けたのは、ただ隊商を護衛するだけの依頼だったのだから、こんな状況を想定していた者は少ないだろう。

エヴァンはほんの一瞬、生成魔法が使えれば、集団相手に有効であろうと思った。だが、すぐに、気持ちを切り替える。ないものはないのだから、その中でどうにかしていくしかない。

誰もが怖気《おじけ》づく中、一人、剣を掲げて前に出る。

「荷を守れ！　ワーウルフを仕留めれば、敵は瓦解《がかい》する！」

宣言する声は、よく響き渡った。それは夜のせいだけではないかもしれない。者どもを奮い立たせ先頭に立つ彼は、歴戦の武さえ感じさせる立ち姿を見せていた。

誰も動かなければどうしようか、とエヴァンが思うよりも早く、セラフィナがすっと横に来た。そして凛々《りり》しくも穏やかに微笑む。

エヴァンの中に生じた小さな不安の種は、もはや取り除かれていた。

ワーウルフは、十分仕留めることが可能な距離にある。敵の様子から、ワーウルフが集団をまとめている可能性が高い。頭を仕留めれば、敵は散り散りになるだろう。

だが、全員でそちらにかかりきりになっていては、狼たちの襲撃には耐えられるはずもない。その間に積荷はすべて奪われてしまう。

相反する二つの思いが、エヴァンを悩ませる。だが、決断は早かった。

「弓と魔法が使える者は、狼の群れを牽制《けんせい》！　残りで一気にワーウルフを仕留める！」

エヴァンは一歩を踏み出した。セラフィナだけが一瞬の遅れもなく追従する。少し遅れて冒険者たちも動き始めた。

誰もが嫌がる先駆け。だが、エヴァンは奇妙な昂揚《こうよう》感の中にあった。

集団を動かし、一つ一つの決断が戦の勝敗を分かつ。その中心にいるのが、不思議と自然なことのように感じられたのだ。そしていつも以上に冷静でありながらも、敵を倒さんと滾《たぎ》る闘志がある。

ワーウルフとの距離を詰めていくと、警戒が強まる。エヴァンはセラフィナと侵食領域の重なりを維持できる程度の距離を取りながら、左右から挟み撃ちを試みた。もし、敵が逃げるのであれば、そのまま狼の集団を仕留めればよいだけのこと。

だが、敵にも集団の長《おさ》である誇りがあったのかもしれない。剣を構え相対し、他の冒険者たちに包囲されるよりも早く、地を蹴った。

一瞬にして距離を詰められると、エヴァンは迎撃態勢を取る。しかし、敵が剣を振るうことはなかった。誰よりも早く、セラフィナが側面から切り掛かっていたのだ。

薙ぐような一撃が、鮮やかな弧を描きながら、敵へと近づいていく。それを先ほど食らったワーウルフは、受け止めきれるものではないと学習したのか、咄嗟に跳躍、上体を仰《の》け反《ぞ》らせて槍を回避する。

上体から一撃を叩き込めば確実に押し倒せる、バランスを欠いた体勢だ。エヴァンは連弩による追撃を加えながら、一気に飛び掛かった。

放たれた矢は、ワーウルフへと近づいていく。が、命中する直前、体を捻られ回避される。ますます状況は有利になった。この機会を逃す手はない。エヴァンは押しかかるようにして威圧しながら、剣を突き出した。

心臓を狙った一撃だ。しっかりと脇を引き締めて放たれた剣先は、正確な軌道を描く。

剣が敵の胸部へと突き刺さらんとしたとき、ワーウルフは地についた片手で体を支え、倒れ込むようにして突きを繰り出した。

エヴァンの手にした剣は狙いから逸れて、敵の鎧を掠《かす》めて金属音を立てた。浅く、敵を切り裂くには至らない。

攻撃が外れた今、すぐさま敵の剣を何とかしなければならない。

盾は自動制御により敵の剣を阻害する。しかし強く打ち付けられて弾き飛ばされ、暫くは使い物にならなくなった。

時間が経てば、再び自動制御で防がれることを学んだのだろう、ワーウルフは急に起き上がり切り掛かってくる。いかに体のバネを生かしたとしても、通常では無理がある動きだった。それを支えるのは、強靭《きょうじん》な肉体、そして地面に突き刺さるほどに強く押しつけられた、太く長い狼の尻尾であった。

もはや迫ってくる刃を遮《さえぎ》るものは何もない。剣で防ぐには一旦剣を引く必要がある。エヴァンは一瞬の思考の後、決断をする。

自動制御を盾ではなく、連弩に使用。そして敵の剣が描く軌道を塞ぐようにして位置させる。木製の連弩は鋭い剣の一撃を浴びて砕け散り、矢の断片が舞った。

木端に視界が遮られる中、エヴァンは攻勢に出た。勢いが落ちた敵の剣を恐れることなく、力強く踏み込み、剣を持つ手に力を込める。

連弩で防ぎきれなかった敵の剣は、肩を撫でるようにして切り裂いていく。だが、エヴァンは焼けるような痛みさえも気にならなかった。好機、またとない機会なのだ。やらねばならないことがある。

剣を敵の首に添えるよう持ち上げ、一気に引き切る。勢いがついていないため、首を捩じ切るには到底力が足りない。が、剣の刃は鋭く、外側から四分の一程度を切り裂き、真っ赤な液体をぶちまけさせた。刃は血管まで至ったのだろう、とめどなく血が流れ続けている。

ワーウルフは獰猛《どうもう》な瞳をかっと見開き、鋭い牙を剥《む》き出しにした。接近していたエヴァンに僅かな初動で浅く蹴りを入れて突き飛ばし、震える手で剣を握る。

エヴァンは痛みをこらえながら、敵を見る。連弩が破壊された今、もはや遠距離攻撃を行う術はない。

だが、既に冒険者たちによる包囲が完成していた。ワーウルフが逃げる隙間は存在しない。そして狼たちの群れはまだ到着してはいなかった。まだ、間に合う。

エヴァンはセラフィナと共に、敵との距離を詰めていく。そして切り掛かろうとした瞬間、一人の冒険者がワーウルフの背後から切り付けた。背中から鮮血を撒き散らし、敵は倒れ込む。そこに他の冒険者たちも便乗するかのように、剣を掲げて飛び込んだ。

だが、それは悪手《あくしゅ》だった。バラバラに動いたことで、包囲網に穴が生じる。ワーウルフは障害となる男の首に牙を立てて引きちぎり、そのまま駆け抜けていく。

数度、傷は与えたものの、脚部には何のダメージも与えていなかったのが仇《あだ》となった。狼たちの中には、既に弓兵に飛び付いたものもいる。ここで敵の頭を逃すわけにはいかなかった。

「セラ、これを！」

エヴァンは生成魔法により、片手で持てるサイズの石を生み出す。そしてそれをセラフィナに手渡した。

彼女は受け取るなり、大きく振りかぶる。狙いは逃亡するワーウルフ。そして目にもとまらぬ速さで、岩石が放たれた。

狙いを一分たりとも違《たが》わずに、脚部へと命中した。敵は倒れ込み、それでもなお体を引きずるようにして動き続ける。

「手の空いている者は弓兵たちの援護に向かえ！　ワーウルフはもう虫の息だ！」

二つ目の岩石をセラフィナに渡すと、彼女はワーウルフのもう片方の足にそれを見事に命中させる。

エヴァンは動けずにいるワーウルフの元へ駆けつけ、地べたを這いつくばっている敵に、躊躇《ちゅうちょ》することなく剣を振り下ろした。

ひと太刀で、首が飛んだ。真っ赤な血を辺りにまき散らしながら、胴体と頭が離れる。エヴァンはその頭を掴み取るなり、狼の集団の方へと急いで戻った。

そちらでは、既に何人かがこと切れていた。狼に喉を噛み切られ、大量の血を流す有様は悲惨のひと言に尽きる。だが、それはこちらとて、同じことなのだろう。命の奪い合いの中、頭を叩き切ったのだから。

エヴァンは高らかに、ワーウルフの頭を掲げた。そうして怯んだ狼の群れの中に、それを投げ入れる。周囲に血が撒き散らされ、狼のボスの首はあまりにあっけなく、無残にも地に打ち付けられた。

いよいよ狼の群れに動揺が走る。いくつかは逃亡を試み、いくつかは逆上して向かってくる。エヴァンは迎撃しようとするも、既に連弩はなく、先ほどたった一度用いた生成魔法により魔力は尽きつつある。

制御魔法の使用をやめ、盾を片手で持ち、もう一方の手で剣を握る。今や手数の多さで圧倒することはできなくなり、もはや魔力込みの身体能力では並の者にも劣るかもしれない。

そうしていると、エヴァンの方に狼が飛んでくる。盾を構え、その衝撃に備えるも、ぶつかることはなかった。

狼はすぐ眼前で、胴体を槍に串刺しにされていた。そして柄が軽く振られると穂先から外れて、敵の群れの方に投げ飛ばされていく。

セラフィナは至って平気そうな顔で、槍を振るい、敵を狩る。それは魔力量の多寡《たか》による身体能力の差がもたらした違いだった。エヴァンはそんな彼女が羨ましくもあり、そして何より、自慢でもあった。

やがて、まだ生きている狼たちは勝ち目がないと見てか、この場を去り始めた。ちらりと馬車の方を見ると、かけてあった布が食い破られ、いくつかの物が持ち去られている。

「被害なし、というわけにはいかなかったね……これは、減給かな」

「何もないといいのですが」

そんな会話をしているのはエヴァンたち二人だけであり、他の者たちは助かったことを安堵《あんど》するばかりだった。

うっすらとした魔力になり、空中に散っていくワーウルフの頭を見ながら、胴体のあった方へ戻ると、そこには倒れたままの胴体があった。

上位の魔物は高度な知能を持ち、死後も肉体を構成する魔力に戻らずに骸《むくろ》が残るという。もしかすると、それは人に近いという事実の表れではないか。

ならば魔物と獣人、どこが違うのだろうか。狼の獣人は人に近い性質を持ち、ワーウルフと呼ばれる人型の狼は魔物、あるいは獣に近い習性を持つという、程度の違いに過ぎないのかもしれない。

そんなことを考えていると、残っていた胴体も魔力に還っていき、後には小さな魔石だけが残った。

それをさっと拾い上げ、懐に仕舞う。金に関しては、他人に情けなどかけないのが冒険者なのだと、ブルーノたちから学んだ。早速教訓を生かすことにする。

そして残ったワーウルフの剣と鎧を手にして、何食わぬ顔で、集会所の荷物のあるところに戻った。そのどちらも、二束三文《にそくさんもん》にしかならないようなものなのだが、こうした積み重ねがあってこそ、それなりの暮らしができるのだ。

「エヴァン様、傷を見せてください」

セラフィナは応急処置キットを取り出して、エヴァンに患部を見せるように告げる。エヴァンは革鎧を脱ぐと、腰のあたりで結んだ上衣の紐をするすると解き、肩を出した。

切られた大部分は鎧であったため、皮下組織まで切り裂かれているものの、骨には到達していない。赤くにじんで、まだしっかりと固まっていない傷口に、セラフィナは消毒液を染み込ませた布を当てる。

傷口は泡立ち、ひりひりとした、染みるような痛みがやってくる。切られたときに感じたものとは、また違っている。しかし消毒はすぐに済み、セラフィナが器用に包帯を巻いて処置は終わった。

エヴァンは先ほどまで着ていた上衣を引っ掴む。

せっかく綺麗にしたところに、血で汚れた物を着るのは些《いささ》か心地好いものではない。しかし、衣類は馬車の積荷の中にあるため、今は仕方がないだろう。

衣服を着終えると、エヴァンはふと、ワーウルフの使っていた鎧が気になって、装着してみる。サイズはぴったりだ。けれど結構な重量があるため、長期戦には向きそうもなかった。

「エヴァン様、お似合いです」

「格好だけね……これじゃあ中身が伴っていないや」

そう言いつつも、エヴァンは鎧を身に着けて戦う自身の姿を思い浮かべた。

持ち歩くよりも目立たないだろうということで、装着したままにしておく。鎧の重さに慣れておくのも悪くない。そのうち、金が貯まってくれば、軽い金属で作られた鎧を買ってみたいとも思う。

それに、セラフィナにも何か武器を買った方がいいだろう。彼女は生成魔法がほとんど使えないため、投擲するにしても何かを持ち歩く必要があるのだから。

そんなことを思いながらも、自らの狩ったワーウルフを思い出す。正々堂々、とは程遠い戦いだったかもしれない。それでも生き残った者が勝者なのだ。死さえ逃れれば、後はどうにでもなろう。

エヴァンはそう踏ん切りをつけると、歩き始めた。あまりに長いこと現場を離れていると、不審に思われる可能性もある。

そうしてセラフィナと共に、集会所を出た。

馬車のところに戻ると、商人たちだけでなく、町民たちも集まってきていた。何やら面倒なことになったのだろうか。

エヴァンはそうした話し合いの経験に疎《うと》いため、集団の外から様子を眺める。

「最近はここらでも増えていまして……畑を荒らされていたので、助かりましたよ」

「アーベライン領全体でもそうですね」

魔物の被害が増えている。それは至って珍しくもないのかもしれない。エヴァンは大して気にせず、ただ成り行きを眺めた。他の冒険者たちも同じ気持ちだっただろう。願いは一つ。報酬を減らさないでくれ、ということだ。

この場合、依頼内容は魔物討伐ではないが、不測の事態まで事細かに規定することはできないため、契約自体には何ら不備はないことになるだろう。運が悪かったと片付けられてしまうのだ。むしろ積荷に被害を出した責任を問われかねない。

そうしていると、向こうからもその話は出ず、とりあえずその場はお開きになった。もしかすると、ここで減給の話をしてやる気をそぐのは得策ではない、と考えたのかもしれない。

冒険者たちはすっかり血に塗《まみ》れた町を洗い流したり、疫病を防ぐべく死骸を焼いたり埋葬したりと、夜にもかかわらず慌ただしく動き回っている。本来の業務とは関係ないことだが、これが冒険者になったときにギルドの職員に言われた、愛想《あいそ》をよくする、ということなのかとエヴァンは思った。雇い主の機嫌がよくなれば、報酬だって上乗せしてくれる可能性もある。

それから暫くして、何事もなかったように静けさが戻ってくると、本来の持ち時間とは少し予定を変えて、交代で見張りについた。襲撃により人数が減ったことを、誰一人、口にはしなかったが、暗黙の了解によって全員で分担することになったのだ。

戦いの中で死ぬのはよくあることだ。いちいち気にしていては、精神が持たないだろう。しかしだからといって、軽く取り扱えることでもなかった。したがって、できるだけ意識しない、というのが無難な選択だった。

エヴァンはセラフィナと共に集会所で横になるも、中々寝つけずにいた。妙な昂揚感が、まだ消えずに体の内で燻っている。それは戦いに身を置く者たちが誰しも抱くものなのかもしれないし、あるいは内なる闘争心が呼び起こされたからなのかもしれない。

しかし、すやすやと眠っているセラフィナを見ていると、持て余すほど苛烈な感情はいつしか消えていた。

3

朝、どうにもまだ寝足りない感じが抜けきらなかった二人だが、それでも出発の時間はやってくる。手早く準備を済ませ、朝食を取ると、いよいよ隊商はアーベライン領の主都に向けて出発する。

見送ってくれる町民たちと再び会うのは、いつの日になることだろうか。

エヴァンは腰に佩《は》いた二本の剣に鎧と、傭兵稼業としてもそれなりに見える格好にて、馬車の隣を行く。侵食領域を生成して、流れ込んでくる魔力による強化を得ても、鎧の重さにはやはり疲労感を覚える。

そうして行く中、ふと腰の剣に視線を落とす。もし、魔力がもう少し増えたならば、剣を純粋な肉体の力のみならず、力場魔法を使って操ることもできるため、二刀流も悪くないかもしれない。

そう考えると、色々と今後の方針も立ってくる。まずは、壊れた連弩を買い直す。そしてこれからまだ体が成長するだろうことも考慮して、安めの鎧を買うことにする。セラフィナの鎧はどのようなものがいいだろうか。

そう思案していると、一人の冒険者が近くにやってくる。コボルトキングの討伐のときにもいた男だった。

「エヴァンさん……ですよね？　確かブルーノさんの知り合いの」

どうやら、向こうもブルーノの知り合いらしい。人の好さそうな四十代ほどの男性で、禿げつつある頭には哀愁《あいしゅう》が漂っている。

「ええ。ブルーノさんとは一度依頼でお会いしました」

「そうですか。いやあ、私もいつも彼にお世話になっていましてね……あ、申し遅れました、私はガストンと申します」

そう言ってガストンが頭を下げると、毛のない頂点がきらりと輝いた。

好き勝手している冒険者にも社交的な人がいるものだ、とエヴァンは感嘆する。

「ところでエヴァンさんの魔法は、一体どこで習ったものですか？」

魔法は誰かに従事して学ぶのが一般的であり、エヴァンの兄であるレスターたちも家庭教師に教えられていた。しかし、才能がなかったエヴァンは、すぐに諦められてしまったため、一般的な例に当てはまらない。

「ほとんど独学だったので、これから体系だったものを学ぼうかと思っています」

「そうなんですか！　それはすごい！　あ、すみません、あのような魔法は初めて見たもので。アーベライン領の主都には図書館がありますから、調べ物にはちょうどいいでしょう」

そういってガストンは主都の話をする。彼もブルーノもそうなのだが、どうやら冒険者稼業に慣れてくると主都を中心に活動する者が多くなるようだ。そのため、お薦めの観光スポットまで教えてくれる。

「エヴァンさんもセラフィナさんも、若くていいですな！　うちの娘もこれくらいのときは、可愛げがあったもんですが、最近では手紙の一つも寄越しませんよ」

そう笑うガストンは、やはり父親なのだなあと感じられた。エヴァンはふと、ダグラス領にいる父のことを思い出す。父がいずれ年老いたなら、何の確執《かくしつ》もなく、普通に話すことができるのだろうか、と。

けれどすぐに、そのことを頭の隅に押しやった。これから待っている冒険を前に、後ろを見ている暇などないのだから。

馬車は山道を下っていく。ゆっくりと、少しだけ軽くなった積荷を載せて。

主都に近づくにつれて、見かける魔物の数は増えたものの、これといった出来事もなく、ようやく町が遠くに見え始めた。

先日までいたアーベライン領の町も大きかったが、やはり主都というだけあって、規模が違う。十世帯以上を収容できるような集合住宅も見えることから、ざっと目算しても人口一万人を超えるのではないだろうかと思われる。

町全体を取り囲むようにして作られた堀と防壁は非常に堅固で、そこらの魔物が来たくらいではびくともしそうにない。そして町の中心に見える、ひと際大きな城は、おそらくアーベライン領領主の居城だろう。

門に辿り着くと、商人たちはギルドの依頼で来た証を門番に見せる。冒険者たちは各々、冒険者証を見せるとすんなり中に通された。

それから一団は町中を行く。町に入ったばかりだというのに、あちこちに出店が開かれており、行き交う人の数はこれまでとは比べ物にならない。そして木造の集合住宅では、多くの窓が開かれ、洗濯ものがぶら下げられている。生活感溢れる町並みが、そこにはあった。

道が整備されており、建物は敷き詰められるように建てられているため、そこには草木はあまり見られない。

門から続く道を行くと、冒険者ギルドはすぐに見えてきた。掲げられた看板はエヴァンの常識を覆《くつがえ》すほどに大きく、建物は四階建てにもなっている。

中は大ホールといっても差《さ》し支《つか》えないほどに広く、依頼の張り紙が新旧、内容で分けられて一面に張り出されている。

エヴァンは辺りを見回すも、田舎者に見えないように、あまりうろちょろしないでおくことにした。商人たちは受付に行き、依頼達成の事務処理を行う。そして三階の一室に通され、そこで個別に支払いが済まされた。

無事何事もなく数万ゴールドを手に入れたことで、これから数日間は何とかなりそうである。加えて、道中手に入れた魔石を売ればそこそこの額になるだろう。しかし現状、魔石は魔力源として使っており、買うのは中々金がかかるため、ある程度のストックがないときはそうはいかない。

依頼を終えると、冒険者たちは各々の心の赴くままに散り散りになる。連帯感を覚えていたわけではないが、集まったり別れたりを繰り返すのには、エヴァンは中々慣れそうになかった。

だから、エヴァンはいつでも隣にいるセラフィナに笑い掛ける。

「セラ、とりあえず宿を取ろうか。昨日風呂に入っていないし、着替えたいよ」

「そうですね。エヴァン様の傷も気になります」

そうして二人はギルドを後にする。

暫くのんびりしようとさえ思っていたくらいであり、昨晩の事態は想定していなかったものの、終わってみると、ひと仕事やり遂げた達成感があった。

主都の町並みは美しく、建物はどれを見ても、目新しく感じられる。しかしだからといって、物価は変わらず、二人の生活の質が向上することはほとんどない。エヴァンはセラフィナと、少し古びた宿を取ることにした。

数千ゴールドで朝食付きなら好条件かとも思われたが、客室の扉を開けたとき、立て付けが悪いのかぎしぎしと軋《きし》んで、思わずなるほどと納得してしまった。

二人は荷物を置くと、宿の土間に赴く。そして主人にひと言断ってから、ある小さな一室に入る。そこには木の板による足場があり、ポンプで水が汲《く》めるようになっていた。

一応、巨大桶が置かれているため、風呂のようにして入ろうと思えば入れるのだが、いかんせんお湯がない。ダグラス領の離れにいるときと比べて一番の不便は、こうして風呂に入れないことかもしれない。

エヴァンがさっと衣服を脱ぐと、よく引き締まった筋肉が露わになった。大柄な方ではないものの、最近の戦闘経験もあってか、鍛え抜かれた筋肉は無駄に膨れ上がらず、見事な付き方をしている。それから肩の包帯を取ると、化膿《かのう》していることもなく、無事傷口が塞がっていた。身に纏っていたものを取り去ると、布と石鹸《せっけん》を手に、ポンプのところへ行く。

途中、セラフィナを横目に見る。見慣れた彼女の衣服は取り払われ、ゆったりとしたシュミーズを脱いでいるところだった。

彼女の柔肌《やわはだ》を隠すのは、華奢《きゃしゃ》な腰から下を覆うドロワーズだけとなり、滑らかな鎖骨からお腹にかけてのラインが露わになる。どこか恥ずかしげに手で覆い隠されている小さな胸は、確かに女性らしさを感じさせるようになってきていた。

それでも、こうして一緒に入浴する習慣がまだ続いているのは、やめると言い出すのは意識しているようでかえって気恥ずかしいということや、一人で入るのは距離が遠くなったようで互いに少し寂しいということが理由だろう。

セラフィナがドロワーズを下げると、腸骨《ちょうこつ》の小さな膨らみと、そこから恥骨へと続く窪《くぼ》みが露わになっていく。

エヴァンは雑念を払うように、桶に水を汲み、頭からぶっかける。ひんやりとした水は、まだ心地好いと言うよりは寒々しい。

それから無心で石鹸を泡立て、頭や顔回りを洗っていく。やがて、目を閉じているから見えはしないものの、ゆっくりと動く空気や、柔らかい彼女の雰囲気から、隣にセラフィナがやってくるのが感じられた。

再び水を頭からかぶって泡を流すと、エヴァンは目を開けてセラフィナを見た。すらりと伸びた肢体は美しく、女神もかくやとさえ思われる。彼女は水を浴びると、小さく震えた。

前は布で隠されているが、背は剥き出しになっている。そのきめ細かな肌は水を弾き、ふさふさの尻尾は水にぬれてしっとりとしていた。

エヴァンは平静を装いながらまた石鹸を泡立てて、ふわふわの狐耳の中に泡を入れないように注意しつつ、彼女の髪を洗っていく。昔よりも少し長くなったものの、まだ肩にかかるくらいの長さである。髪を縛らなくても不便がないように、と考えてのことなのかもしれない。

それを水で洗い流すと、それぞれの体を洗い始める。このときが、一番互いを意識してしまう。極力見ないようにはしているものの、体を隠す布はなくなり、相手に目を向ければ、その裸体は否が応でも目に入るのだから。

やがて悩ましい時間が終わると、エヴァンは体を拭き、持ってきた替えの衣服に着替える。汚れが落ちてすっきりしたはずなのに、気持ちはそうではなかった。水浴びを終えて土間を出ても、まだ顔を合わせづらいまま、二人揃って無言で客室に戻っていく。

部屋に着くとやることはなくなり、セラフィナはベッドに腰掛けて、どこか暇そうに窓の外に視線を向けた。一方でエヴァンは侵食領域を展開すると、ぎこちなく部屋の中を歩き回り、やがて倒れ込んだ。

「……エヴァン様、何をしているのですか？」

珍妙な行動に、セラフィナは首を傾げ、エヴァンの様子を覗き込む。彼はそのままゆっくりと体を起こすと、彼女の方に向き直った。

けれど、すぐに言葉は出てこない。セラフィナの橙色《だいだいいろ》の瞳が、じっと答えを待っている。エヴァンは暫く思案したものの、時間はあることだから、と彼女にゆっくり説明することにした。

「歩行モーションを作っていたんだよ」

「ええと……それはエヴァン様の前世の知識を使って、ですか？」

「そういうことになるかな。あらかじめ用意しておけば、怪我か何かで体が動かなくなったときに、力場魔法と制御魔法を使うことで代替できるからさ」

「なるほど、上手くいくといいですね！」

肩に傷を負ったために、そういう事態を想定してみただけのことなのだが、セラフィナに応援されると、何が何でも達成しなければならない気になってくる。彼女は失敗するなどとは、微塵も思ってはいないはず。だからその全幅《ぜんぷく》の信頼に応えなければならない、と。

そもそも、力場魔法を用いれば体とて浮かせることができるため、わざわざ歩行のモーションにする必要性はあまり高くない。しかし、魔力量が圧倒的に少ないエヴァンにとっては、体を浮かせるために必要となる、重力に相当する力を生み出す程度の魔力の節約であっても、重要な意味を持つ。

坂道を下っていくときに使える、下りの勢いを生かした受動歩行と呼ばれる歩行形式のモーションも作っておきたいところだが、いかんせん、客室では傾きもなければ、距離も足りない。そこで、すべて脚力により動く能動歩行《のうどうほこう》について考えることにする。

まずは、人間の歩行形式とは異なるものの、簡単にできる静《せい》歩行から作成する。これは重心を常に片足の上に置いておくものであり、一見、歩いているようには見えない。

エヴァンは力場魔法により片足を上げ、それからゆっくりと前に出す。しかと地面を踏み、前の足に重心を移動させる。そして今度は後ろの足を前に出す。

途端、ぐらりと体が揺らいだ。慌てて片足で踏ん張り、姿勢を維持する。どうやら、移動速度が速すぎたため、その勢いで体が回転してしまったらしい。

気を取り直し、暫く続けて、ぎこちないモーションを何とか作成する。エヴァンとしては達成感があったものの、セラフィナはどう反応していいかわからないといったところだった。眉は困惑ぎみに曲げられている。

エヴァンは少し躍起《やっき》になって、次は動歩行のモーションを作り始める。それは人の歩行に近いもので、常に倒れ続けながらも、完全に転倒する前に次の足が前に出ているため姿勢の維持が可能となり、素早く動くことができるというものだ。

あらかじめ用意しておいた一連の動作を行う、シーケンス制御により、それらの達成を試みる。しかしシミュレーションなどが行えるわけでもないため、いきなりそれを自らの体に試すことになってしまう。

早速、試作したモーションを開始。素早く足が前に出る。出だしは順調。しかしやけにドタバタとした歩調になってしまい、そのうち真っ直ぐ移動すらせず、ふらふらした挙句、そのまま転倒してしまった。

中々上手くいかないものだなあと思っていると、セラフィナはその様子を見て、くすくすと笑う。

その反応は腑《ふ》に落ちないものがあって、エヴァンはつい口を尖《とが》らせた。

「これだって、結構難しいんだよ」

「あ、ごめんなさい……エヴァン様はいつも何でも上手くやってしまうので、そういうお姿を見られるのが嬉しくて」

失敗する姿を見られるのはエヴァンとしてはあまり気分のいいものではなかったが、楽しそうな彼女の姿を見ると、悪くないと思われてくるのだから、不思議なものだ。

けれどやはり、いいところを見せたいことには変わらない。エヴァンはふと思案し、それからすぐに、応用できるものが浮かんでくる。明日出かけたときにでも試してみよう、と思うのだった。

4

アーベライン領の主都は早朝から賑わいを見せていた。離れた町から買い出しに来ている者たちや、今日の朝食を買いに来た婦人、そして何をするでもなくぶらついている若者など、そこにいる人々の様相《ようそう》は様々である。

エヴァンはセラフィナと共に、町中を歩いていた。今日の予定は、町の中を見た後、食事を取り、話に聞いていた図書館を訪れるという流れである。戦闘から離れた骨休めの一日であり、これといった予定もないので、ゆっくりと過ごせるはずだ。

街路にはみ出した木箱の上に立ち並んでいる野菜類は、どれもすぐ近くの畑で取れた物だろう。農民たちを除き、住民はあまり町の外にはでないようだ。そもそも、町中だけで生活は完結しており、その必要がないのかもしれない。

暫く食品関係の店が続いた後、少し変わって、今度は生活雑貨が増えてくる。洋服店のガラスの向こうにある綺麗なドレスなど、中には少しお高いお店もある。

エヴァンはセラフィナの方を見た。戦闘にも参加する彼女は、ダグラス領を出てから、貴人たちが纏うような華美でフリルのついたスカートなどは一度も穿《は》いてはいない。動きやすい服ばかりである。

もしかすると、少しはお洒落をしたいと思っているかもしれない。そう感じるのが、年相応だと言えよう。

「ねえセラ。こういうドレスとかって、着たいとか思わないの？」

エヴァンは、店主自慢の一品らしきドレスへと目を向ける。

もし、彼女がそう思うのであれば、一着くらい買うのはやぶさかではない。もっとも、それを着てギルドの依頼をこなすわけにはいかないため、日常着というわけにはいかない。だが彼女が願うのならば、エヴァンが一人で依頼に出かけ、彼女はいつも着飾っている、というのでも構わないとさえ思う。

しかし、セラフィナはドレスにはあまり興味を示さなかった。代わりに、エヴァンの方を窺《うかが》うように、遠慮がちに覗き込む。

「エヴァン様は、その……そういう衣服が好きですか？」

そう問われるも、エヴァンはそもそも社交界に出ていなかったため、コルセットで締め付ける必要があるようなドレスは内臓が圧迫されて不健康そうだなとしか思えず、特にそういった格好への憧れはなかった。

どちらかといえば、スカートの下に穿《は》くドロワーズの方が興味を引かれる。フリルのついた純白のドロワーズは彼女に似合っていると思うが、それは幼少時から彼女がいつも穿いている姿を見てきたからかもしれない。もっとも、エヴァンは前世の下着のイメージを引きずってきているため、ズボンのように思っていたのだが、本来は下着に分類されるものであり、質問の答えとしては不適当である。

「うーん……あまり上流階級を意識させるような衣服は好きじゃないかなあ。俺は貴族の生まれといったところで、実際は庶民と変わらないから」

スカートの下にクリノリンを入れて釣鐘《つりがね》状に膨らませたようなものなどは、どうにも彼にとってはあまりスタイリッシュではなかった。まず、第一に必要以上に幅を取り、機能的に不便である。

機能美を追求する彼の考え方は、もしかすると、優雅さとは反対方向にあるのかもしれない。

そんなエヴァンを見て、セラフィナは少し安心したように、微笑んだ。

「私も、華美なのはあまり好きではないです。それに……似合わないですし」

「そうかな？　セラは綺麗だから、おしとやかな服でもよく似合うと思うよ」

それを聞き、セラフィナは顔を赤く染め上げた。そして何度も何かを言おうとしてはやめ、やがて俯《うつむ》いてエヴァンの手をぎゅっと握った。狐色の尻尾はこの上なく勢いよくぶんぶんと左右に揺られている。

セラフィナは気まずさを押し隠すように、ドレスの話題から離れようとして、そそくさと歩き出す。エヴァンは彼女に引き摺られるようにして、その場を後にした。

暫くして彼女が落ち着いてくると、そのときには既に町の広場にまで来ていた。中央には涼しげな噴水があり、周りには憩《いこ》う人々がいる。

エヴァンはすぐ近くの出店で、飲み物を買ってくる。ミードのような蜂蜜《はちみつ》で作ったものであるが、アルコール分はゼロなので、セラフィナが飲むのにも問題はない。エヴァンはすでに飲酒できる年齢だが、飲む習慣はない。何より筋力の低下が懸念《けねん》されるため、極力避けるようにしていた。

「セラ、どうぞ。落ち着くよ」

「……ありがとうございます」

噴水の傍のベンチに腰掛けながら、彼女に蜂蜜入りの甘い飲み物を渡す。多産の象徴でもある蜂ける。

の蜜は、栄養が豊富と聞く。疲労も取れることだろう。セラフィナはコップを受け取って、口を付けると
ざあざあと、流れ出る水の音が心地好く、少し水気を含んだ空気が流れていった。そうして少し少しの間、周りから隔絶《かくぜつ》されたような、二人の時間が訪れる。

「あ……蜂蜜」

セラフィナは聞き取れないほどの小声で呟いた。そして、その頬が赤くなってくる。彼女は、ベンチの上にあるエヴァンの手に、小さく華奢な手を重ねた。

エヴァンは彼女の急な反応に戸惑いながらも、柔らかなその温もりを、ただ享受《きょうじゅ》した。

休憩を経て、エヴァンはセラフィナと歩き出す。心なしか、二人の距離は近い。図書館は城に近いところにあるそうなので、そちらへと向かっていく。

店は次第に上流階級に向けたものが多くなってきて、玩具や子供向けの教育資料などを売る店も増えてくる。それらは、一般庶民の子にはあまり与えられないものなのかもしれない。

エヴァンは人形などを売っている店を覗く。一応貴族ではあったものの、おもちゃなどはレスターが独占していたため、物珍しく思われる。

「エヴァン様、親しい幼子がおられたのですか？」

「え……？　いや、ダグラス領ではあまり見かけなかったなーと思ってさ」

「そ、そうですよね」

セラフィナは、はっとしたように慌てて視線を逸らした。

店内を見ていく中、一見、岩で作られたように見える人形があった。しかし手で持ってみると、思いのほか軽く、木で出来ていることが窺える。

「ゴーレムの人形とは、珍しいですね」

セラフィナが人形を見ながら興味を示す。ゴーレムは一部の国では軍事利用されているが、その元は魔物であり、忌避《きひ》感を示す者も少なくない。全容が明らかになっていないまま使っているということも理由かもしれない。

エヴァンはその人形が何となく気に入って、少し高いものの、数千ゴールドを払って購入することにした。この人形は各関節が動くものであり、様々なポーズが取れるなど、値段相当に質が高い。

店から出ると、エヴァンはすぐに例の思いつきを実行してみたくなった。

「セラ、昨日の成果を試そうと思う」

「昨日の、ですか?」

地面に置いたゴーレム人形の頭上に手を翳《かざ》す。そして侵食領域を展開して、すっぽりと呑み込んでいく。

続けて、昨日作成したばかりの歩行モーションを使用。人型であるため、おそらく転用できると踏んでのことである。

ゴーレム人形は太い足を一歩ずつ前に出し、てくてくと歩く。ずんぐりむっくりした体形であり

重心が低いため、比較的安定した歩行が可能になっていた。

「エヴァン様、すごいです！」

褒められて少しだけいい気分になると、歩行から走行へと変化させる。ゴーレム人形は店の前を縦横無尽《じゅうおうむじん》に駆け回った。

これができたからといって、何かの実践に役立つ、というわけではない。しかしともかく、ロボット制御などの経験は、こういった動作にすぐ当てはめることが可能だった。

「おお！　これは……！」

通行人の中から、ひと際大きな声が上がった。エヴァンは何かやらかしてしまったのかと、慌てる。そして一人の男が姿を現した。

全身を黒衣で纏ったその者は、陽気に走り回るゴーレム人形を食い入るように見つめた。どれほどの年齢なのかはわからないが、フードから覗く口元は皺《しわ》が入っており、少なくとも老人であることはわかる。

「なんと見事な制御魔法！　救い手様の再誕じゃ！」

大仰《おおぎょう》に騒ぎ始める老人を見て、町の人々は顔を顰《しか》めた。そして痛々しい視線が男に突き刺さる。

「ぜひ、我らの教会に来てくださいませ！」

エヴァンはゴーレム人形を握ったまま暫し呆気《あっけ》に取られていたが、セラフィナの行動は早かった。さっとエヴァンを抱きかかえ、視線から逃れるように、その場から飛び出した。背後からは、男の声がいつまでも聞こえていた。

騒ぎが聞こえなくなるほど離れると、セラフィナは大通りから外れた路地で下ろしてくれた。ついこの前も似たようなことがあったなあ、とエヴァンは思い出す。

そのときは、自然精霊教《しぜんせいれいきょう》の教会の前のことだった。今回も教会に招かれたことから、宗教関係であったのは間違いないだろう。しかし、どうにもあの男が自然精霊教の関係者とは思えなかった。

「あの人っていったい何だったんだろうな」

「……もしかすると、異界魔神教《いかいまじんきょう》の方かもしれません？」

エヴァンが聞いたこともない宗教だった。もっとも、本当は人気がないわけではなく、彼がそういったことに疎いだけなのかもしれないが。

「それって？」

「魔物を信仰の対象としている、ということくらいしか……そのため、あまり評判もよくはありませんね」

「うーん。救い手様って、何かの勘違いだと思うんだけどなあ」

「そうですよね……ですが、エヴァン様は目立ってましたから」

「これからは必要以上には外で使わないようにするよ。セラ、いつもありがとうね」

「お役に立てて、何よりです！」

これから図書館に行くのだから、何のことか調べてみるのも悪くない。エヴァンはセラフィナの手を取ろうと思い、握ったままになっていたゴーレム人形を袋にしまった。

暫く歩いていると、ひと際大きな教会が見えてくる。それは自然精霊教のものであり、隣には付属の図書館がある。こうした教会は多くの信徒を集めており、その教育も兼ねて、図書館が併設されていることは少なくない。

一般開放されているので、そこに入るのは、宗教関係者でなくとも問題はない。参拝に来た教徒たちとすれ違いながら、敷地内に足を踏み入れ、図書館を覗く。中は開架《かいか》式であり、棚に展示された本は誰でも手に取って見ることができるが、盗難防止のためか、本は棚に鎖で繫がれていた。

数人の信徒が来ているものの、誰一人物音は立てず、非常に閑静だ。けれど清浄という感じはなく、古くなった本の匂いはあまり好ましくはない。

エヴァンは受付らしき修道服を着た女性に頭を下げて、中に入る。彼女は柔らかい笑みを浮かべた。

それから早速本を見ていく。この国の歴史や地理、初等教育など、内容は多岐にわたっている。エヴァンはとりあえず本来の目的であった、魔法の資料を探すことにする。

しかしどうにも、一般の者たちが使うようなものではないためか、ほとんど資料が見つからなかった。ようやく見つけたのは、魔法の基礎について記された本。エヴァンはそれをぱらぱらと捲《めく》っていく。

魔法は魔力を用いて行われることや、侵食領域内でのみ使うことができるということ、そしていくつかの魔法を組み合わせて発動できることなどが書かれている。そういった内容は、エヴァンが家庭教師から習った数日の間にすべて押さえたことだった。

別のものには、比較的体系だった内容が書かれていた。生成魔法は水や土といった自然界に多く存在するものほど生むのが容易《たやす》くて魔力の消費が少なく、一方で自然界に少ないものを生成するのは困難で、いまだ生成に成功した例がないものも多々あるそうだ。

力場魔法は、それ単体では領域内の特定の点を中心とした同心円状に、近いほど強く、離れるほど弱い力場を発生させるものであると書かれている。

時空魔法についての記述は少なく、ただ時間と空間の圧縮、伸展《しんてん》が可能であるといった内容くらいしかない。優れた使い手は、体感時間が倍に感じられるほどの効果を発揮することができるという例も挙げられていた。

しかし、制御魔法についての記述はなかった。意図的に削除した、と見られても仕方がないほどだ。この不自然さは、他の本を見るほどに明らかになってきた。

セラフィナのこともあって、エヴァンはこれまで魔物と亜人の境目を気にしてきていた。そのためそれらについても調べようとしたのだが、専門に解説した本はない。

そうしているとセラフィナが、エヴァンの服の裾《すそ》を引っ張った。見れば、彼女が手にしている本には、それに近しいことが書かれていた。どちらかといえば伝説のような内容ではあるが。

この世界は「生誕の日」に、精霊たちが生成魔法により今ある形に作り上げたことが始まりであるとされ、それゆえに精霊が信仰されているということらしい。

そして魔物たちは異端者たちによって生み出された存在であり、生物が自然に生まれ、自然に還るという円環から外れた存在であるとしていた。亜人たちは魔物の影響を受けたものであり、人の理《ことわり》から外れつつある者ともされている。

そう書かれてはいるものの、亜人は魔物たちのように死後、魔石という形で魔力を凝固《ぎょうこ》させたりすることはなく、その性質も人と変わらない。

釈然としないままその本を読んでいくと、どういった理由なのかは不明だが、生成魔法をやけに重用《ちょうよう》しているように思われた。

この本が事実を表しているというわけではないだろうが、伝説にもそれが生まれた理由はあるだろう。それゆえに、まったくの無関係ということはないはずだ。

更にいくつかの本を見ていくも、結局欲しい情報は得られなかった。少々の落胆《らくたん》を抱きながらも、受付の女性にはそんな素振りを見せずに頭を下げて、二人は図書館を後にした。

教会から少し離れたところに至ると、セラフィナが尋ねてくる。

「残念でしたね。この後はどうしますか？」

「うーん。他にも図書館ってあったっけ？」

「そうですね……学校にもあるのではないでしょうか？」

「でも中に入れるかなあ？　これでも一応貴族だから、何とかなるかもしれないか」

レスターが通うのを予定していたのは王都の学院であり、貴族としての格や実質的な力、平たく言えば金なども高い水準で求められるところであった。だが、ここアーベライン領の学校は領内の有力者たちの子弟が通うためのものであり、そこまで厳しいということはないだろう。閲覧だけならば、入れてくれるかもしれない。

そうと決まれば、早速そちらに向かうことにして、二人は街道を行く。そうしていると、黒ずくめの一団が見えた。彼らの格好は、先ほどの老人の物と酷似《こくじ》している。

「異界魔神教でしょうか？」

そっとセラフィナが耳打ちする。エヴァンは小さく首肯し、遠方からその様子を眺める。あまり関わらない方がいいような気がしたが、そこでふと気付く。

「ねえセラ、宗教ってことは、教会もあるよね？」

「おそらくは……信徒が多くないので、確信は持てませんが」

「そこの図書館に行ってみない？」

セラフィナはあまり乗り気ではないようだったが、とりあえずは納得してくれ、二人で男たちの後をつけていった。

暫くすると、彼らは通りから外れたところへと入っていく。向こうには、古びた教会があった。築数十年といったところだろう。その間にさほど改修もされていないようで、表面には蔦《つた》が這っている。

ぞろぞろと男たちが中に入っていくのを確認すると、エヴァンはセラフィナと共に、付属の図書館へと向かう。そして扉を開くと、中の作りは先ほどの自然精霊教のものとさほど変わらなかったが、規模はやけに小さく、本棚がいくつかあるだけにとどまっていた。閲覧に来ている者もいないようだ。

「おお……ようこそいらっしゃいました」

受付の黒ずくめの男が感嘆した。視線の先にはセラフィナがいる。彼女は少し困惑しつつも、それ以上どうこう言われることもなかったので、さっさと用事を済ませることにした。

ここにあるのは一般的な書物ではなく、異界魔神教の歴史に関するもののようだ。手近な棚からざっと眺めていく。

総数が多くないため、総当たりでやっていくのでもさほど時間はかからないだろう。礼拝の仕方や作法といったものは飛ばしていく。

どうやら、聖地とされている場所は、土地そのものが信仰されているのではなく、そこにいる魔物を信仰の対象としているらしい。とりわけ信仰されている魔物の中の王――盟主《めいしゅ》と呼ばれる存在は強大な力を持ち、土地を支配すると共に、移動することが滅多にないからだろう。

エヴァンは記載に目を通していく。

第一盟主、数千年を生きたドラゴン。バルトロ王国に棲む。

第二盟主、吸血鬼の王。ガビノ帝国に棲む。

第三盟主、ゴーレムの王。マティアス公国に棲む。


地図と合わせて列記されているそれらは、古くから存在している順に番号が付けられているだけであり、最も重要とされているのは第三盟主、ゴーレムたちの王であるリンドブルムだそうだ。それは救世の師、カール・リンドが作ったと伝えられており、長年放置されているうちに自我を持ったと見なされている。

特に強力な力を持った盟主はその三体で、それ以降に生まれた盟主とは相当な年数の開きがあるらしい。また、第四盟主は特定の場所に定住しておらず、実在が曖昧《あいまい》ということで、所在地は記されてはいなかった。

それから更に調べていくと、自然精霊教の教会の書物にも記されていた「生誕の日」についての記述があった。したがって、その日に何かあったということはおそらく事実なのだろう。しかし、ここでは「救世の日」と記述されていた。

名称だけでなく、内容も大きく異なる。

長らく続いてきた世界からあらゆる闇という闇が溢《あふ》れ出し、世界を覆い尽くしていった。そして世界が滅亡へと向かう中、救世の師、カール・リンドが制御魔法により闇を支配し尽くした、とある。

「これが救い手、というわけか」

小さく、セラフィナだけに聞こえるようにエヴァンは呟く。

しかし、それにしてもこれらの記述は、自然精霊教の教えとは真っ向から対立するものである。伝説は脚色されるものであるが、これがもし事実ならば、自然精霊教にとって制御魔法は厄介なものでしかないだろう。

残りの部分も読んでいくと、どうやら亜人は魔物から変化したものであるから、近い存在として敬意を向ける対象とされるそうだ。それゆえに、ここに来たときに、教徒がセラフィナに畏敬《いけい》の念を持ったのか。

あらかた読み終えると、最後に『カール・リンドのゴーレム』という題名の本が目に入る。そこには、ただ発見されたものを並べるだけではなく、どういった魔法の原理で動いているのかなどが書いてあった。

いわゆるラジコン操作に近く、あらかじめ用意されておいたプログラムのようなものを遠隔地から作動させることで、操る仕組みらしい。魔力は侵食領域内でしか魔法に変換することができないが、あらかじめ仕込んでおいた魔石を原動力とすると、遠隔地からでも指令だけ与えれば作動するらしい。

そうだとすると、途中で他の者の指令により妨害されたり、乗っ取られたりすることはないのだろうか。

　そんなことを考えているうちに、やがて本の最終ページに至る。そこでは、カール・リンドへの称賛の言葉が述べられていた。彼こそが偉大なる制御魔法の使い手である、と。

　エヴァンは制御魔法について知り得たことを喜びつつも、怪しげな宗教関係ということで何とも言えない気分になりながら、図書館を出た。そしてすぐさま、その場を離れた。


　それから城に近づいて来るにつれて、冒険者たちのような身なりの者は滅多に見られなくなり、代わりに比較的裕福そうな者が増えてきた。これは高級住宅街としての性質なのかもしれない。

　やがて見えてきた学校は、騎士学校ではなく、四則演算などの初等教育を行うためのものである。ある意味、裕福な知り合いを作るための場でもあると言えるだろう。それゆえに、学び舎《や》としての機能だけに特化したものではない。

　エヴァンはセラフィナの方を見る。彼女はこれまでと変わったところはなく、学校を探して辺りを見回していた。

「やっぱりセラも学校に行きたかった？」

「いえ……私はエヴァン様のおかげで、たくさんの本を読ませてもらうことができましたから」

　環境さえあれば、集団で教えられるよりも自習する方が効率的には優れているだろう。わからない点を聞くことができないというデメリットはあるが、幸い彼女は賢く、大体の大人よりもすぐに物事を理解できた。したがって、確かに彼女の言うことは理にかなっている。

「エヴァン様は、行きたかったのですか？」

「うーん、そうだなあ。もし俺が長男だったなら、貴族としてやっていくために、友人作りに励むべきだったとは思うよ。けれど四男だからさ、そんな必要はないね。学校なんて面白い場所ではないし、これでよかったんじゃないかな」

実際、この世界の学校で教えられるようなことは、エヴァンにとってはあまりにもぬるいものであった。それならばむしろ、商工会などで教えられる冶金《やきん》や商業の技術でも聞いた方がよほどためになる。

そんなやり取りをしているうちに、アーベライン領唯一の学校が見えてくる。石造りで厳《おごそ》かな門の向こうには、木造の五階建ての建物が控えている。

門をくぐり敷地内に入ると、エヴァンよりも若い男女の姿がある。彼らは裕福そうな外套《がいとう》に身を包んでおり、友人たちと楽しげに口を動かしていた。

エヴァンは暫し辺りを見回した後、どうやら入口のあたりに警備員がいるようなので、そこに向かった。

「あの、外部の者であっても図書館の利用は可能でしょうか？」

「ええ、何かで身分証明をしていただければ」

エヴァンは懐から冒険者証を取り出して、警備の男に見せる。彼はそれを見て記帳するとすんなりと通してくれた。

「図書館は入ってすぐのところを右に曲がった突き当たりにあります。授業中なので、他のところには行かないようにしてください」

そうして建物の中に入ると、変な気も起こさず、言われた通りに図書室を目指す。話に聞いたように授業中らしく、生徒たちの姿はあまり見られない。

図書室に入ると、そこは比較的多くの内容に関する本があり、いくつかに分類されていた。とはいえ、基本的に持ち出し厳禁であり、鎖で繋がれていることには変わりがなく、司書の役割を果たす者はいない。その代わりに、部屋の管理人らしき人がいる。

算術や商業については特に必要な知識ではないので、これまで通り、魔物や魔法に関する本を探していく。分類を目安にすることで、それらはすぐに見つかった。

騎士学校ではなく、魔術師を専門に育成する機関でもないため、魔法についての本はそれほど多くはない。きっと魔法自体、口伝《くでん》の方が多いのだろう。

手近な物から見ていくと、やはり初心者が学ぶような内容のものばかりで、魔法使いとしてやっていくための基礎が書かれている。目新しいものではなかったが、読んでいくと多少なりとも新しい発見があった。

まず、比較的研究が進んでいる生成魔法であるが、どうやら何もないところから物を生み出しているというわけではないらしい。確かにその方法では、物質を生成するにあたって、莫大なエネルギーが必要になってしまう。

どこかにある物質を、魔力によって持ってきているというのが一般的だそうだ。それは、希少《きしょう》価値と、生成の難しさと必要な魔力が比例するという条件にも適合する考えである。とはいえ、確証を得るには至っておらず、まだまだ研究段階、というところだった。

また、特定の現象を起こすにあたっては、複数の魔法が使用されるということについても書かれている。例えば火球を生み出す魔法であるが、まず火種を生成し、どこかからエネルギーと酸素などを持ってきて燃やす、というように、一つの魔法で構成されているわけではない。組み合わせや過程には、まだ改善の余地があるかもしれない。ほとんど、習慣的に使われてきたものをただ使い続けているだけなのだから。

そこに前世の記憶を応用して最適化理論をぶち込めば、より効率的な運用が可能になり、少ない魔力でもやっていける可能性も高まる。また、エネルギーの変化においても、一瞬にして莫大なエネルギー放出を起こすとその分ロスも大きくなるため、小さなエネルギー変化の反応をいくつも重ねればロスが減らせるとも考えられる。

そして制御魔法については、生成魔法や力場魔法に組み込むことで使える、といった基礎的なことしか書かれていない。

しかし、制御魔法使いカール・リンドが実在したかどうかは不明だが、制御魔法が当時、あるいは書物が書かれた時期に、一般的に使われていただろうことは窺えた。どこかで、それまで蓄積されてきた知識が失われてしまったのだと考えるのが妥当だろう。

それから魔物については、魔力によってその体を維持している可能性が高い、と書かれている。

一方、起源については言及を避けていた。それは宗教的な理由なのかもしれないし、あるいは単に研究が進んでいないからなのかもしれない。

決定的な情報は見つからなかったが、制御魔法自体が有効ではないために使われなくなったのではなく、単に伝承がうまくいかなかったために技術が忘れられていったとわかったのは、一つの収穫である。

エヴァンは更なる技術の向上を目指すことを決意する。

救い手。そう呼ばれた者まではいかずとも、偉大なる制御魔法の使い手として、歴史に名を刻むことを、夢のようだと思いながらも、そうありたいと願うのだった。

一方で、セラフィナは地図を眺めていた。国内だけでなく、他国まで記されている大型のものだ。

仮に敵国となった場合、その情報は非常に重要なものとなるため知っておくことは肝要である。だが、測量が不正確なのか、あるいは秘匿《ひとく》されているのか、他国の地形はさほど詳しく載ってはいない。

「……セラは、故郷に戻りたいと思う？」

それは不躾《ぶしつけ》な質問だったかもしれない。けれど、不快なことも、愉快なことも、感情も行動も共にしていくというのが、いつしか二人の間に出来ていた約束のようなものだった。

「いえ、昔のことはよく覚えていませんし、ここまで歳月が流れてしまっては、知り合いが見つかることもないでしょう。それに、私の故郷はエヴァン様と過ごしたあの離れですから」

「……悪いことを聞いたね、ごめん」

「どうしてエヴァン様が謝られるのですか……その気持ちがあるのでしたら、これからに目を向けてください。エヴァン様にできることは、いくらでもありますよ」

「セラ、いつもありがとう」

彼女はいつもの柔らかい笑みを浮かべる。エヴァンはその姿を見ながら、何ができるのかを考えた。

もし、これからも亜人と人との戦争が起きれば、この国で彼女の扱いが悪くなることは間違いないだろう。状況次第では、国への批判を避けるために、迫害の対象とされることだってあり得る。

ならば、これからすべきことは融和政策の推進なのかもしれない。大胆な政策を行うには、貴族の末弟《まってい》などあまりにも非力であったが、それが彼女の幸福へとつながるのなら——

エヴァンはこの日、これまでとは違った視野を持ち始めた。

5

アーベライン領の主都に着いて数日。エヴァンは狩りに出かけることも依頼を受けることもなく、セラフィナと穏やかな日々を過ごしていた。久しぶりの休暇は非常に心休まる時間であったが、いつまでも続きはしない。

隊商の護衛の依頼で得た報酬は既に尽きつつあるのだ。まだコボルトキング討伐の報酬も残ってはいるが、非常時のことを考えると、極力手を付けたくはなかった。

エヴァンは部屋に放置したままになっている、ワーウルフの使っていた鎧と剣を手に取った。これを売却して新しいものを購入したときの差額を試算する。剣はそのままでも使えるため、修理して再び販売されることになるだろうが、鎧はいくつも傷跡があり、どちらかといえば材料として炉《ろ》の中にぶち込まれる可能性が高いだろう。

以前破壊された連弩も買い直さなければならないので、やはり金が問題になってくる。

「エヴァン様、どうかしました？」

「そろそろ装備を整えて、依頼でも受けに行こうかなと思って」

「はい、ではそうしましょう」

いつまでも燻っていては、勘が衰《おとろ》えてしまう。毎日剣を握ってはいるものの、やはり実戦の空気を感じている時間は別格だった。

ほんの一瞬が勝負を決める、緊張感。一瞬たりとも目が離せない状況で、極限まで高められる集中力。それは、戦いの中でしか得られないものである。

エヴァンは早速準備を済ませて、宿を出ることにした。

鍛冶屋は騎士たちの多い城の近辺、あるいは冒険者ギルドの付近に多く存在している。騎士たちご用達《ようたし》の店は、基本的に値段が高いということもあって、依頼のことも含めてまずギルドに向かう。

今日はそこまで朝早くに出たわけではないため、人通りは多い。一方でどこか慌ただしい感じを受ける。なぜだろうか、と思うものの、これといった情報を得ていたわけでもないので、あまり気にせず町を行く。

賑やかな町中を進んでいくと、いくつかの鍛冶屋が見え始めた。ここまで近くにあって競合しないのだろうかと感じるが、この近辺以外では客が訪れないのか、他の場所では見かけなかった。

それぞれ、自慢の一品を店の前にあるショーウィンドウに展示している。フルプレートアーマーともなると、価格は百万ゴールドを超えており、とても手を出せるものではない。しかし中にはそれより安いものもあるので、あちこち覗いていく。

エヴァンは値段の手ごろな店を選んで、中に入る。鎧や剣が置かれており、ひと通りの武具は揃いそうだ。

剣は小型のもので十万ゴールド弱、大型のものでは二、三十万ほどにもなっている。それらは鉄の値段も関連しているのだろう。

鋭さなどを左右する冶金技術の高低は、設備だけでなく人の腕によっても決まる。だが余程の腕でない限り、料金に反映されることはないため、安く切れ味のよいものを買うこともできた。

ざっと見ていくも、手ごろな価格で今使用している剣を超えるようなものは一つもなく、かといって二本の剣を同時に使用するのは、筋力の都合もあって実用的とは言い難《がた》い。

エヴァンの装備はメインとなる剣の他、狭い空間や徒手《としゅ》格闘用のためのナイフ、それから自動制御で用いる遠距離用の弩《いしゆみ》、盾と、今のところ変える必要性のない構成だった。いずれ金に余裕が出てくれば別の方法も考えられるのだろうが、それより先に、質を上げるのとセラフィナの装備を整える方が先だ。彼女はコボルトキングから得た一本の槍とナイフしか持っていないのだから。

胸部を覆う鎧なら十万ゴールドほどで買えそうだが、今ある全財産をつぎ込むことに変わりはない。生活を切り詰めてまで買うことはない。

しかし現実的な考えとは裏腹に、やはり目が行くのは銀に輝く鎧や圧倒的な切れ味を誇る剣など、高価な物であった。中には魔物由来の素材の品もあり、それらは通常の鉄剣とは一線を画する威力があったり、その強固さに反して軽量だったりと、色々優れた面があるらしい。

「いずれはこういった武具も欲しいよね」

「はい。ですがそこまで高くない代物《しろもの》でしたら、エヴァン様の剣の方が立派ですよ」

「確かにそうかもしれないね。でも剣だけ立派でも、格好は農民と大差ないくらいだからなあ」

そんなやり取りをしながら、呑気《のんき》に見ていくうちに、やがて並べられた槍が目に入ってくる。セラフィナにより良い槍を買うのも悪くはないが、今のところあえてそうする意味は感じられない。

視線が、通常の槍よりも短いものに止まった。投げ槍として使うものであり、短いものは一メートル、長いものは二メートルほど。安価な物は柄《え》の部分が木で出来ているため、そこまで値が張らない。集団戦で使用する大盾の後ろに付けて携行しておくという手もあるそうだが、体の小さい二人がそれほど巨大な盾を使用するのはあまり上策とは言えないだろう。

「セラ、投げ槍とかはどう？　予備の武器としても使えるだろうし」

「安いのでそこまで悪くないかもしれませんね」

「じゃあ一本だけ買っていこうか」

買うものに目星をつけておき、他を回る。どれも盗難防止のためケースに入れられていたり、鎖で繋がれていたりするため、気軽にカウンターまで持っていけはしない。

それから元からの目的であった、連弩の購入に当たる。基本的に木造であるためそこまで高い武器ではないが、細かい調節や金具、本体の素材などによって多少は値段が異なる。そして何より、弦の素材によっては並の者では引くことさえできないものもあるため、注意する必要がある。体格による違いだけでなく、魔力による能力向上の恩恵に大きな差があるので、このような張力の差が生まれるのだろう。

単発のものもあり、そちらの方が射程、威力には優れているのだが、制御魔法で運用していくためには補給の手間がネックになる。それゆえに、やはり今回も連弩を選択することにした。

安いもので数千ゴールドほど、高い物で数万ゴールドほどと、案外開きがある。エヴァンは見本として置かれているものを手に取り、弦の張力を確認する。そしてぎりぎり扱える、最大の威力が出るものを選ぶ。

ほんの少しばかりではあるが、これまでの魔物との交戦により総魔力量が上昇し、それに応じて力場魔法も高い出力でも何とかなるようになったのだ。とはいえ、そうするのは消耗を早めることと同義でもあり、余裕がなくなるということでもある。

ただ手動で使用するとしても、侵食領域内における魔力による身体能力の向上を考慮すれば、何とかなるだろう。

それから矢を選ぶ。弓であれば木製で後端に羽根のついた軽量なものを選べばよいのだが、弩に合わせて太い矢を選ぶとなると、重量も重要な要素となる。木製のものをいくつか、そして数本、強力な魔物に対応するための鉄製の矢を購入することに決める。とはいえ、日常的に使い捨てにしていては、生活もままならなくなるだろう。

これで目的は達成だ。店主にその旨《むね》を告げに行ったところで、カウンター付近の革鎧に目が向いた。ここで作ったものではなく、猟師や革細工職人たちから卸《おろ》したものであるそうだが、どうにも売れなかったためか、格安での販売になっている。

素材は、大型の鬼であるオーガの革のようだ。とはいえエヴァンは、それが丈夫なのかどうかすら、よくわからなかった。

「オーガの素材って、何か違うんですか？」

尋ねると、店主は丁寧に説明をしてくれる。

「まず、強度が違いますね。傷がつきにくく、衝撃吸収に優れています。反面、他の革と比べると、重くなってしまうことや、保温性に優れているわけではないことが挙げられます。ですが、防御性能に関しては確かで、魔物の一撃にも耐えられますね」

金属ほどではないにしろ、斬撃にも耐えられるだろう。打撃に関しては、こちらの方が優れているのかもしれない。

店主は販売の機会と見て、説明を続ける。

「今ならお安くなっていますよ。通常の半額で、八万ゴールドでお買い求めいただけます。いかがでしょうか？」

「うーん。どうしようかな……」

魔物の素材の品は比較的高価なので、安くなっているときに買っておきたいところではある。金属鎧は自分にはまだ重いので、やはり買えるなら買いたい。

だが、予算はオーバーしてしまう。セラフィナとの生活費でもあるため、一人で決めるわけにもいかず、そして自分のためだけに使うのもどうかと思われた。

「エヴァン様、買わないのですか？」

「予算のこともあるけど、何より、今使っているのをどうしようかな、と」

「では、私に下さい！」

しかし、お古を渡すのは少々気が引ける。彼女だって新品の方がいいだろう。

「私の使っているものは取り換え時なので、ちょうどいいです。そうしましょう！」

乗り気のセラフィナに押され、エヴァンは購入を決意した。そしてワーウルフの戦利品である鎧と剣を買い取ってもらえることになった。

差額は五万ゴールドほど。残金は十万ゴールドを切った。一か月程度暮らしていくのには十分だが、冒険者としてやっていく上で、何かあったとき、少々心許《こころもと》ない気がしないでもない。怪我をしたときなどは、金がかかってしまうのだから。

しかし、新調したオーガの革鎧を身に着けてみると、その丈夫さに感嘆する。大人に殴られても痛くないほどの弾力性があるのだ。さすがに至近距離から矢などを食らえば穴は空くだろうが、それでも致命傷には至らないだろう。

エヴァンは買った連弩も試してみたいと思いながら、少し気分がよくなっていた。一方で、セラフィナはエヴァンからもらったお古の革鎧を持って、嬉しそうにしている。上機嫌に、尻尾がふりふりと揺れていた。

「ありがとうございました。またのお越しをお待ちしております」

店主の声を聞きながら、エヴァンはセラフィナの手を取って、ギルドに向かって歩き出した。

そうしてギルドへと辿り着き、中に入ると、今日はいつもよりやけに人が多く感じられた。数日の間、ここに来ていなかったせいかもしれない。

適当な依頼を探すべく辺りを見回すと、バートの姿が見えた。どうやら依頼を終えたところらしく、若い女性と話をしていた。そちらに近づくにつれて、会話の内容がはっきりしてくる。

「なあ、この後予定とかあるか？　ないなら、昼食でも一緒に――」

「ごめんなさい。あなたのことは先輩として尊敬しているけれど、そういうのはちょっと……」

女性はあっさりとバートの誘いを断ると、それからエヴァンたちの隣を過ぎて、ギルドを出ていった。後に残されたバートは虚空を見つめ、暫し呆然としていた。

エヴァンは苦笑しながら、その姿を眺める。

（普通、知り合いを飯に誘ったくらいで断られないよなあ……余程悪評が広まっているのだろうか）

ブルーノも、バートが女性を誘うのは何回目かと言っていたくらいだから、いつもこんな調子なのかもしれない。だとすれば、彼の将来が不安になるのも、仕方がないことだろう。

どうしたものか、と思っていると、バートの方がエヴァンに気が付く。そしてばつが悪そうに周囲をちらと見回した。そう感じるくらいの常識があるのならば、やめればよかろうに。エヴァンはそう思うも、口には出さないでおく。

「お前ら、見てたんなら声くらいかけろよ。そして上手くいくようにとりなしてくれ」

「それは無理ですよ。バートさん、見境ないじゃないですか」

「そんなことはないぞ。結婚適齢期の女性にしか声はかけていない」

「……誰でもいいってことじゃないですか」

「くそう。ああ、お前にはわからんさ。いちゃつきやがって、くそ」

そんなくだらないやり取りをするも、やがて彼も普段の調子に戻る。もはやお断りされたことなど気にしていないようだ。その立ち直りの早さと精神力の強さには目を見張るものがある。

「で、今日も依頼探しか？」

「ええ。そろそろ生活費がなくなってきましたので」

「その割に、装備は新調してるのな」

「安くなってたんですよ。それにブルーノさんのように高い装備じゃないです」

「そりゃ当たり前だろ。あの人が何年冒険者やってると思ってるんだよ」

エヴァンはダグラス領で彼に会ったばかりのときのことを思い出す。

「確か二十年、でしたっけ」

「それはアーベライン領に来てからのことだな。確か俺がガキの頃だ。そのときには既に一流の冒険者だったぜ」

あの人は一体いくつなのだろうか。若々しくて全然そうは見えないが、もう五十近いのかもしれない。そうなると、失礼ながら聞いてみたいことがある。

「……それなのにどうして騎士になれなかったのですか？」

「ん、その話も聞いてたのか……じゃあいいか。あの人はバルトロ王国の出身でね。貴族だったとはいえ、あそこは身分を超えて登用することも多く、加えて軍隊は世界一の練度を持つ。採用の基準は他の国とは比較にならねえさ」

バルトロ王国。それは第一盟主が存在している国であると、つい先日知ったばかりである。それゆえに、強力な軍事力を持たねばならなかったのかもしれない。エヴァンも冒険者になったとはいえ、魔力が少なく苦労している。だから力の差、言ってみれば必要とされる才能の差には敏感であった。

それにしても、エヴァンがこれまで見た人物の中で最も練度の高いブルーノでさえ及ばない軍隊というのは、見てみたいような気もするし、少し恐ろしいような気もする。

そうした雑談をしていると、窓の方で何かがぶつかる音がした。そちらを振り返って見ると、窓ガラスに黄色い液体がこびり付いていた。

それを見て、受付をしていたギルド職員が急いでそちらに駆けていく。そして何人かの冒険者も彼女の後を追った。

「あれは何ですか?」

「鶏《にわとり》の卵だな。それも腐ってるやつだ」

「いえ、そういうことではなく……」

「誰かがちょっとふざけただけだ。ま、気にすることもないさ。ただの嫌がらせだよ。冒険者の実情はあまり町の人には伝わらないのさ。だから、こっちが何人も死んでいることには目を向けず、俺のように才能溢れる若者がガンガン稼いで裕福になっている部分だけを見て妬《ねた》む、と」

それを自分で言うのはどうなのだろうか、とエヴァンは思わずにはいられない。

しかしバートは確かに魔法使いとしての才能に長《た》けている。実際に見たことでエヴァンもよく知っている。更に剣も使えるというのだから、あながち間違ってはいないのだろう。

「お前も行ってくるか？　犯人を捕まえたらギルドからお礼が貰えるぜ」

「……いえ、遠慮しておきます」

他の者たちが職員の後を追ったのは、冷やかしではなく金目当てだったということだ。非常に冒険者らしいといえばらしいと言える。

それからバートは町に出かけるということで、ギルドを後にした。また女性たちに声をかけに行くのかもしれない。去り際には、今が稼ぎ時だと助言を残していった。エヴァンはどういうことだろうかと思ったが、依頼を見てみるとその理由はすぐにわかった。

魔物関係の依頼が非常に多くなっているのだ。これが朝、人々が騒がしかった理由なのだろう。

アーベライン領の端の町では、魔物に対する危機感は乏しかった。しかしどうやらこちらは商業などが盛んであることもあって、旅路に障害が出る可能性があるなど、生活と密接に結びついている。

良くも悪くも、自身の生活に対してのみ敏感だというのは、どこでも一緒なのか。

他人の不幸にも近い状況を喜ぶわけではないが、冒険者にとって稼ぎ時であることは間違いない。

魔物退治は依頼の報酬だけでなく、魔石やたまに素材入手も見込めるとあって、それなりに戦闘が行える者であれば積極的に参加したくなるほどの収入が入ってくる。

エヴァンもまた、ちょうどいい、と魔物関連の依頼を受けることにした。中には魔物の素材を募集している依頼もあり、他の依頼で取ってくることができれば、ついでに達成できるようなものである。他の者に先を越されればそこで終わってしまうが、拘束力もなく、通常よりも高く買い取ってくれることが多いため、美味しい依頼ではある。

オークの肉を募集している依頼すらある。どうやら、ゲテモノ的な扱いではあるものの、魔物の肉はそこそこ人気があるらしい。部位によっても価格は違うようだ。

その他にも、農民たちが山に入らなくなったことで、山菜など誰でも取ってくることができるようなものを求める依頼も増えている。もしかすると今なら、特に依頼を受けずに魔物を狩ってくるだけでも後から十分な報酬に換えられるかもしれない。

色々依頼がある中、エヴァンは川釣りをする者たちが使っている小屋に住み着いたオークの討伐を引き受けることにした。町から遠く手間になる割に報酬が二万ゴールドしかなく、割に合わない感じがあるものの、道中の魔物を狩っていけば比較的よい額になるだろう。

そうと決まれば早速、受付に行って依頼受諾証明書を貰ってくる。

「じゃあ、久しぶりだけど今回も頼むよ、セラ」

「はい！　頑張りましょう！」

彼女は胸を張り、頼もしく答える。その背には二本の槍。新しい装備は、それだけでなお頼もしく思わせる。エヴァンもまた、新調した連弩を確かめる。準備は万全であった。

二人は日が暮れる前に終わらせてしまおうと、町の外へと歩き出した。

主都を出ると、城壁の周りには畑や田があった。一般的に、農民たちは早朝からこれらの田畑に向かい、日没前に町の中に戻る、という生活をしているのだろう。

街道を進んでいけば、数時間もしないうちに件《くだん》の小屋が見えてくるとのことだったが、ただ進んでいくだけでは面白みがない。迷わない程度に、近くの林にも足を踏み入れる。

進行速度は遅くなるものの、山歩きには慣れているためそこまで疲弊するということもない。藪《やぶ》を掻き分けながらずんずんと進んでいくと、それほど深いところまで踏み入っているわけでもないのに、すぐにキノコが見つかった。普段であればまず間違いなく、既に刈り取られていただろう。

薄茶色くぬめり気を帯びたそれをよく確認してから、付着している落ち葉や泥を落とし、ひょいと袋の中に入れる。小さい頃からよく山菜採りに赴いていたとはいえ、毒キノコと見分けがつかないようなものもあるため、非常に注意が必要である。

こうして取ったものは、どこにも売ることができなかった場合、今晩の食卓に並ぶことになる。宿の主人に告げれば、台所くらいは貸してもらえるはずだ。

そうしてフキやウドなどを取りつつ、山中を行く。こんな呑気な道中でいいのだろうかと思わないでもないが、そもそも依頼の報酬が高くはないのだから、こうでもしなければ時間当たりの収入は高くはならない。

やがてちらほらと魔物の姿も見えるようになってくる。木々の向こう百メートル先にゴブリンの姿を見つけて、エヴァンは侵食領域を展開しつつ連弩を構えた。そして制御魔法を用いた力場魔法により、一瞬にして敵へと狙いをつける。

引き金を引き、射出。放たれた矢は真っ直ぐ敵に向かっていき、やがて重力により降下する。狙ったはずの頭部ではなく頸部《けいぶ》を貫いた。本来の目標から外れたものの、付近をずたずたに引き裂いたことで、ゴブリンはそのまま後方に倒れ込む。

初めて試した連弩は、これまで使っていたものと比較すると、長い射程と正確さを持っていた。弦の強さが理由だろう。

エヴァンは先ほど矢が描いた軌道から、これまでの連弩に合わせていた射出モデルの張力を変更する。そして木々に向かって何度か試し打ちをして、誤差を減らしていく。

無風状態であれば誤差が十センチ以内に収まる程度までになると、エヴァンは試し打ちを止めて、矢を取りに行く。そこには既にゴブリンの死骸はなく、代わりに小さな魔石が、木に刺さった矢の下に落ちていた。

それを拾い上げ、矢を回収して泥を払い、再び連弩にセットする。たかがゴブリン程度相手なら、矢の代金の方が高い気がしないでもない。せせこましい気もするが、収支がプラスにならなければ何の意味もない。

道中、数十体のゴブリンやコボルトなどの雑魚《ざこ》を狩っていくうちに、お目当ての小屋が見えてきた。小川のせせらぎに交じって聞こえてくる、低いくぐもった音。どうやら、オークの鳴き声のようだ。

小屋の入口は街道に面しているため、山中から中の様子を窺うことはできない。しかしあらかじめ周囲に他の魔物などの危険がないかを探すことはできる。

極力音を立てないように移動して、周囲の状況を確認する。小屋の側面は小川のすぐ近くであり、砂利《じゃり》になっているものの足場はあまりよくないだろう。付近にはあまり草が生えていないため根が張っておらず、おそらくぬかるんでいる。

一番危険がない方法は、遠距離から炎を飛ばし、小屋に火をつけて蒸し焼きにしてしまうことだ。しかし、そんなことをしでかしては依頼の報酬を減らされてしまう。どころか、賠償しなければならないかもしれない。

エヴァンはいくつか小石を拾い上げて、木の陰に向かう。セラフィナは漬物ができそうなほど大きな石を持って彼に続いた。

そしてエヴァンはいくつかの鳴き声が聞こえてくる小屋に向けて、小石を投擲する。狙い通り小屋に当たり、思ったよりも威勢のいい音を立てた。

ひっきりなしに続いていた鳴き声は消えて、代わりに足音が聞こえるようになった。エヴァンは連弩を用意しながら、もう一度小屋に向けて小石を投げた。

ふごふご、と掠れた音を発しながら、建物の角から豚の鼻が現れた。そして、茶色い毛に覆われた頭部、丸々と肥えた胴体、武骨な棍棒を持つ手が次々と見えてくる。エヴァンはそれに連弩の狙いをつける。

次の瞬間、すぐ隣をすさまじい勢いで飛んでいく物体。先ほどセラフィナが持ってきたただの石だ。けれど砲弾のように勢いよく放たれたそれは、オークの頭部にぶち当たると、周囲に脳をぶちまけた。

跡形もなく吹き飛んだ頭部の付け根からは血が噴き出し、残った胴体はその場に崩れ落ちる。何が起こったのかもわからないオークたちは、慌てふためき無防備な身を晒《さら》け出した。

エヴァンはすぐさま連弩による射撃を行う。放たれた矢は数十メートルもの距離を一瞬にして詰め、オークの額に突き刺さった。

すると数体ものオークが一斉に姿を現し、矢の出所に気付くなり、駆け出した。

だが、彼我《ひが》の距離が詰まるよりも早く、撃ち出された矢により一体、二体と力を失っていく。そして最後の一体がエヴァンを捉えたとばかりに殴り掛かってくると同時、彼は剣を抜き、敵に備える。

だが、オークが手にした棍棒を振り下ろすことはなかった。いつしかその胴体には投げ槍が生えており、ゆっくり倒れ込んでいく。間髪《かんはつ》いれずに飛び出したセラフィナは、敵の頭にもう一本の槍を突き入れた。

そうして周囲が沈黙しても、二人はなお警戒を続ける。暫くして魔物の気配がないことを確認すると、ようやくひと息吐いた。

「エヴァン様、やりましたね！」

「そうだね。上出来だよ」

まったくの無傷、それも接近さえ許さずに得た勝利。オークがそれほど強い魔物ではなかった、ということもあるのだろう。しかし、数日の間に腕が落ちていなかったことや、新調した装備が役に立ったことの証左《しょうさ》でもあるはずだ。

小屋に近いところに転がっているオークの肉体から順に、魔力に還っていく。魔石が散らばっているほか、いくつかの肉片も残っていた。少々きつい独特の臭いから、オークの肉であることは間違いがない。

魔物の肉は明確に切り取った形で残るわけでもないので、どの部位か判断するのには経験を要するそうだ。それゆえに、エヴァンにはそれがオークの肉だろうことしかわからなかったが、いずれにせよこれで他の依頼も達成することができるだろう。

それから小屋の中を確認する。休憩施設として用いられていたそうだが、今はすっかり荒らされており、嫌な臭いが部屋中に充満していた。

「ひどい臭い、ですね」

「豚小屋はこんな感じなのかな」

「豚といえども、もう少し清潔だと思いますよ」

とりあえず冒険者としてまずすべきことは、依頼にあるように小屋を掃除すること……ではなく、金目のものを探すことである。オークが何か溜め込んでいないかと見ていくが、見つかったのは小さな魔石が一つだけであった。

少々落胆しながらも、エヴァンはセラフィナと小屋の中にある物を片付けていく。それほど長い間占領されていたわけではないので、そこまで埃も溜まってはいない。

「……部屋の掃除をするのは、久しぶりですね」

「それもそうだね。最近は宿に泊まってばかりだったから」

「なんだか、懐かしくなっちゃいました」

そう言って、セラフィナは目を細めた。エヴァンもまた、あの離れを少し懐かしく思い出す。けれど、今は戻るべきときではない。まだこの世界で自らの役目というもの、いわば天命を見つけていないのだから。

次に戻るときは、懐かしさだけではなく、自身への誇りを抱きながら帰れるように。エヴァンは将来を思い浮かべた。

オーク討伐を終えて、エヴァンたちは帰途についていた。背負った袋には山菜がぎっしりと詰まっている。

行儀がいいとは言い難《がた》いが、先ほどの小川で捕った魚を焼いたものを食べながら歩く。町までは何キロもあるため、その間の昼食代わりに捕ったのである。

エヴァンは魔力量がほとんどないとはいえ、料理をするのには申し分のない生成魔法が使える。火おこしの手間がいらないなど、野外では便利だった。

そうして二人で太陽の真下を行くこと数時間、町に辿り着く。昼下がりということもあって、暇を持て余した人々で町はごった返していた。あるいは、買いだめなどのために、安いものを探し求めていたのかもしれない。

冒険者ギルドに行くと、ますます増えた冒険者たちの中を通り抜けて、受付に向かう。今日は列ができるほど繁盛している。これということもなく依頼達成の手続きは終わり、報酬二万ゴールドを手にする。

それからオークの肉を求めた依頼や山菜採りの依頼があったはず、と他の依頼を見ていく。

「えーっと、これかな。これは直接店主のところに行って、交渉すればいいのかな？」

「ギルドの方で手続きをした後は、そうみたいですね。行ってみますか？」

「じゃあそうしようか」

再び受付に戻ると、そこで依頼主の場所を教えられる。エヴァンは地図を頼りに、そちらへ歩き出した。

エヴァンはセラフィナと二人で町の中を歩きながら、自身の格好も中々様《さま》になってきたようなあと思う。町の住民とは違って、武装しているということもあり、他の冒険者たちに引け目を感じることも少なくなった。

もっとも、貴族あるいは冒険者であれば町中での帯刀自体は許されているものの、特別な理由なしに鞘から抜いた場合、厳罰が下されることになるため、お飾りに過ぎないのだが。

「あのさ、セラ」

「はい、何でしょうか？」

「今晩はセラの料理が食べたいなって思って。だめかな？」

「ほんとうですか!?　精一杯作ります！」

ふとあの生家の離れが懐かしくなったことに起因する感情なのかもしれない。けれど、今離れに戻ったところで、この懐かしさが満たされることはないだろう。あの場所そのものではなく、あのときの彼女との関係が懐かしかったのだから。今は少しだけ変わったとはいえ、それはきっといい方向に違いない。

張り切るセラフィナは、早速メニューを考え出す。彼女は嬉しそうで、繋いだ手に自然と力が籠《こも》る。そして彼女が体を寄せると、みかん色の髪が揺れて、陽光にきらめいた。白い肌とは対照的に鮮やかな輝きは、太陽よりも華々しい。

そうしているうちに、依頼主のところに辿り着く。料理店のようなところであり、普段は猟師から卸《おろ》しているようだが、最近は仕入れが上手くいかなくなったらしい。魔物が増えてきたということもあって危険が高まり、彼らが山に赴くことは少なくなったからだ。

齢《よわい》五十ほどの店主はエヴァンを見て、すぐに依頼の件だと気が付いたようだった。

「手に入れることができたのはこちらなのですが、いかがでしょうか？」

彼は取り出された肉を見て、メモを取り、価格を計算していく。そして提示されたのは、三キログラムで四万ゴールドほどだった。半月ほど暮らしていけるような額であり、エヴァンにとってはもろ手を上げて喜びたいほどだ。もっとも、適正価格かどうかは知らなかったのだが。それにしても、通常の肉より遥かに高いことを考えれば、悪くはないのだろう。

どうやらヒレの部分があったらしく、値段が高くなったようだった。肉については何もわからない素人同然なのだから、騙されてもわからないのに、こうして買い取ってくれるとは、良心的な店なのだろう。

またいつか来てみてもいいかな、と思いながら、二人は今度は山菜の買い取りを行っている店に向かった。

そこは宿のようで、どうやら普段山に行っている者が魔物に襲われて怪我をしたため、採りに行けなくなったらしい。

「すみませんねえ。あまり高くは買えないのですが、よろしいでしょうか？」

「ええ。構いませんよ。山にはたくさん生えていましたから」

持ち帰っても、二人で食べるには量が多すぎる。実際買いたたかれたが、多く買ってくれたのでよしとする。

そして僅かに山菜の残った袋を下げながら、宿に向かう。途中、二人で買い物をした。値段や鮮度について話したりしながら店を見て歩くのは、これまで何度も行ってきたことだが、何となく楽しいものである。

「エヴァン様、雑炊《ぞうすい》にしましょう！」

「うん。あの頃は金もなくて、そんなのばっかりだったね。今でも裕福とは言い難《がた》いけれど」

そんなことを言い合いながら、二人で思い出を共有する。

その日の晩飯は、少しだけ具材が豊かであったが、懐かしくも変わらない味がした。

6

それから数日間、主都では兵たちが慌ただしく動いていた。そしてつい先日、いよいよその理由が公表された。薄々《うすうす》町の人も勘付いてはいたが、領主から正式に発表されたとなると、また話は別である。

盟主が出現した――その知らせは国民を震撼《しんかん》させた。

最近起こっていた、ダグラス領やアーベライン領を含む、ハンフリー王国内における魔物の活性化。それは盟主となる魔物の支配を微量ながらも受けたことが原因なのかもしれない。そして今、盟主が現れた以上、さらなる猛威が予想される。

国王が治める領地の辺縁《へんえん》において、巨大な侵食領域が観測されたとのことで、その大きさは数十キロ以上に及ぶらしい。

盟主といえども生まれたばかりであれば、もはや誰も手出しできぬほどに取り返しのつかない存在となった第一盟主などとは違い、まだ討伐が可能である。だからこそ、国王は領主たちに出兵の命令を下したのだ。

そんなこともあって、非戦闘員である町民たちは震え上がったが、エヴァンは割と呑気に傍観を決め込んでいた。

盟主は基本的に動かず、その代わりに広大な侵食領域を持つ。それゆえに、仮に影響を受けた魔物がいたとしても、このあたりは侵食領域に覆われているわけでもなく、通常時との差は微々《びび》たるものである。多少魔物が増えようと、これといった危険性は感じられなかった。

この日も、エヴァンは増えた依頼を見に、冒険者ギルドに来た。様々な張り紙で満ちている依頼コーナーの傍に併設された休憩所では、冒険者たちが寄り集まって、儲け話に花を咲かせていた。

「なあ、お前今月いくら儲けたよ？　張り切ってただろ」

「切り詰めれば半年は生活できるくらいだな。もっとも、堅実に生きるのは性に合わねえ」

「なんだまた女か？　お前もいい年なんだから、遊ぶのをやめて相手を見つけろよ」

「冒険者にそんないい相手が見つかるかよ。それならぱあっと使った方がましってもんよ」

「違いねえ」

エヴァンは男たちの会話を聞きながら、バートが女性に不自由しているのも、彼自身の問題というよりは冒険者という不安定な職業のせいなのかもしれないと、少しだけ彼のことを評価し直した。

しかし、冒険者たちの話に上《のぼ》るのは、そうした浮ついたものばかりでもない。

「ここもそろそろやばいかもしれないな」

「じゃあどうする？　他の国にでも行ってみるか？」

「それも考えておくべきだな……バルトロ王国はどうだ？」

「バッカお前、あそこに行くくらいなら、生まれたての盟主をぶっ殺してくる方がましだろ」

「そりゃそうだ。じゃあ隣国にでも行くか？」

「そっちは税金が高くてな。依頼を受けたところで、ほとんど持っていかれちまう。そう考えると、やっぱりここは楽なんだがなあ」

どこに行っても付き纏う問題は金、そして安全性だ。エヴァンもまた、その考えを自然と受け入れるようになっていた。
二、三か月は生活できるほどの金を稼いではいたが、もう少し貯めて装備を新調するのも悪くない。命を預ける相棒なのだから、どれほど金をかけようと、十分すぎることはない。
そうして依頼を眺めていると、ギルド職員が大きな張り紙を持ってくる。すると冒険者たちは一斉にそれに群がり始めた。美味しそうな匂いを嗅ぎつけたのかもしれない。

「緊急の依頼です！　山間部で襲われている農民を保護してください！　依頼主は領主なので、しっかり報酬は出ます！」

たまに報酬が不払いになる依頼もあるそうだが、払い主が領主ならば、そうなることはない。おそらく、王の命令でもある盟主討伐の方に兵を回してしまったため、こちらまで手が回らなくなったのだろう。

条件は悪くない。エヴァンはセラフィナと顔を見合わせた。

一人当たり十万ゴールド程度の報酬が支払われるということで、二人分となれば二十万ゴールドが手に入る。エヴァンにとって、かなりの大金であることは間違いない。

しかし、どうにも腑《ふ》に落ちないところがある。農民の保護ということだったが、もし強力な魔物に襲われているのであれば、そんな小さな町など一瞬にして壊滅してしまうだろう。内容は既に護衛の範疇《はんちゅう》ではない。

一方、そうでないのならば、農民たちがある程度自衛、あるいは逃亡できるくらいの相手でしかないはずだ。

だというのに、報酬はやけに高い。このことから。ただの護衛ではないことが窺える。躊躇するには十分な根拠となり得る。

一般的に冒険者たちにとって、依頼の内容に齟齬《そご》があることは大した問題ではない。仕事内容に匹敵するだけの報酬が出るかどうか、そして何より、身の安全を確保できるかどうかが重要なのである。

どんな困難な依頼であろうと、見合った報酬さえ出ればよく、あるいはどれほど簡単すぎてやりがいがなかろうと割のいい仕事であれば好まれる。そのどちらも、命を落とすことなく依頼が達成できるものであるということは最低条件であるが。

あまりにも事前の説明に差があれば、金額の交渉も可能であるが、多少の差であれば捨て置かれるのが常である。それゆえに、ある種の慧眼《けいがん》を養うことが肝要《かんよう》になっている。

募集人数は多いため今すぐに決める必要はないが、これから数時間もしないうちに出発するということなので、のんびり思案できるわけでもない。

「おや、エヴァンさんも参加するのですか？」

エヴァンが振り返ると、きらりと輝く禿頭が目に入った。

「ええ。どうしようかな、と思っていたところでして。ガストンさんもですか？」

「娘の子が今年、学校に入る予定でしてね。何か祝いに贈ろうと思いまして。半ば縁も切られたような、駄目な親父の余生の楽しみというやつですよ、はは」

お恥ずかしいことで、とガストンはつるつるの頭を掻いた。

少々悩んだものの、続々人が集まって来たということもあり、これならばなんとかなるだろうと、エヴァンもまた依頼を受けることにした。

時間になる頃には、百人近い冒険者たちが集まっていた。これほどの人数を雇うには相当な金がかかるのだが、それでも依頼があるときだけ支払えばよいのだから、常備兵を雇用するよりは安上がりなのだろう。

また、集まってきた者の中には、領主に雇用されていたと思《おぼ》しき兵や、傭兵たちの姿がある。もしかすると冒険者ギルドは、失業した兵や傭兵が、雇用がないときに盗賊にならずに済むような受け皿的な役割も果たしているのかもしれない。

エヴァンとセラフィナは他の者たちとは異なり、大した武装があるわけでもないため、そのまま時が来るのを待っていた。冒険者たちは辺りを行ったり来たり、準備に大わらわである。

退屈していると、ギルドの入口の方からバートがやってくるのが見えた。彼は何人かの冒険者たちに連れられて、気怠《けだる》げな表情を浮かべていた。

「で、どうせ大した依頼じゃないんだろ？」

「まあそう言わないでくださいよ、バートさん。一人当たり十万ですよ？　絶対何か裏がありますって」

「そんな裏がありそうなことに、俺を引き込もうとするなよ。これから定食屋のミィちゃんと出かけるところだったたってのに」

「一度でも成功したことがありますかいな」

どうやら腕を買われて頼み込まれた、ということらしい。女運のなさと戦闘技術のどちらも信用されているのだろう。ある意味、素直な人柄であると見なされているのか。

それからバートは受付で依頼を受けつつ、ギルド職員の女性を誘っては撃沈していた。女性の方もこのようなことが何度かあったらしく、手慣れた様子で断る。

やがて時間になると、百人ほどの冒険者たちは、冒険者ギルドからぞろぞろと吐き出されていく。町中を歩く武装した集団となれば、町の人たちはその姿を見るなり、さっと道を開ける。しかし盟主の出現という状況もあって、そこに非難の意図はまったく感じられない。そういったときだけ頼られる、ということでもあるのだろうけれど。もちろん、最近の増税を懸念する声はちらほら聞こえてくる。

町を出ると、山間の村に向かう街道を行く。アーベライン領内には各地に冒険者ギルドが存在しているため、わざわざ遠方から依頼が来ることはない。そのため今回の現場も比較的近場であり、数時間で辿り着く見込みだ。

冒険者たちは、ただ静かに歩を進める者、軽口を叩く者、呑気に欠伸《あくび》をしている者など、様々な様相を見せる。正規軍ではないからこその自由気ままなふるまいだ。

エヴァンはふと気になったことがあって、バートのところに行く。

「そういえば、ブルーノさんを見かけませんが、何かあったんですか？」

「あー、あの人なら、盟主討伐に向かったよ。その方がこんなちんけな依頼より、収入がいいんだと。でも俺にはわかんねえなあ、なんかあったら嫌だろ。大体、騎士って奴らはいけすかねえ」

エヴァンはそれで納得する。ようするに、ブルーノがいないからバートがあてにされたのだ。少し話をすると、バートは眠たげに欠伸《あくび》をした。夜、酒場の女性を口説《くど》いていたため寝不足らしく、今日はこんな予定ではなかったのだとぼやく。

エヴァンにとって、これほどの大人数で動くのは初めてのこと。それゆえに少々居心地の悪さを覚えてはいたが、じきに慣れてくる。

そうして数時間も行くと、山道に入り足場が悪くなってくる。進めば進むほど、しっかりとしていた道は獣道へと変わっていく。いよいよ魔物の叫び声が聞こえてくるようになった。

エヴァンは集団の内側にいたが、剣の柄《つか》に手をかけ、いつでも抜けるようにしておく。過剰な反応だったかもしれない。しかし彼にとって、事前にできるすべての準備を済ませた状態にしておくことは、精神を落ち着かせ、戦場の空気に馴染む意味があった。

だが、ときおり現れる魔物はこの集団の圧倒的な数の前にはなす術もなく沈黙し、エヴァンは何をするでもなく、ただ歩き続けるばかりだった。

やがて道が急にはっきりとしてくると、視界が開けた。小規模な農村がそこにはある。だが、現状では魔物に襲われている様子はなく、しかし誰も外に出てはいないことから、既に住人がどこかに逃げた後なのか、隠れているのかはわからない。

「ギルドの依頼で来た者だ！　誰かいないのか！」

冒険者たちが村の中へと入っていくと窓や扉が開き、彼らの姿を確認するなり、ちらほらと村民たちが姿を現す。

「襲われているというから来たんだが……こりゃどういうことだ？」

そもそも火急の用であれば、冒険者たちが集まるのを悠長に待っている暇さえなかっただろう。

しかしこうも何もないのでは、呼ぶ必要も依然、感じられない。

そうすると、実は、と村民は語り出す。

「つい先ほど、突如現れた大蜘蛛《おおぐも》が一斉に村人を攫《さら》っていきまして……ここにいるのは、運よくその場に居合わせていなかった者と、家の中に隠れていた者でございます」

バートは話の最中にもかかわらず、ふらりとその場を離れた。

冒険者たちは話の続きを待っている。エヴァンは既に、ろくでもない依頼だったな、と思い始めていた。

「まだ彼らは生きています！　ですから、どうかその救助を……！」

依頼の内容は、襲われている村人の保護。仮に生きているのであれば、攫われた者たちの奪還が含まれないこともない。「大蜘蛛の討伐」とでも書けば、間違いなく冒険者たちは集まらなかっただろう。

「おい、じーさん。この糸、蜘蛛が残したもんだよな？」

「は、はい」

引き返してきたバートが手にしていたのは、ロープほどの太さのある糸だった。それからは、大蜘蛛のサイズが推測される。人を丸呑みにできそうなほどの大きさがあるのは間違いないだろう。

冒険者たちがどよめく。こんな依頼なら来ていないと喚《わめ》く者も出始めた。

村民はそこをどうか、とただこうべを垂れるばかりであった。

場は収集がつかない有様になってくる。しかし混迷がきわまるよりも早く、バートが前に進み出た。

「こんな状況だ、帰りたい奴は帰ってもいいぞ。領主は全員分の予算を既に用意しているから、逃げた奴の分は残った者で山分けになるがな。お前らが全員逃げりゃ、俺のところに一千万が入ってくるってもんよ」

それは激励なのかもしれないし、あるいはバートが実力に自信を持っていることの表れとしての減らず口なのかもしれない。妙な言い回しに、冒険者たちは落ち着きを取り戻していく。もし半数が逃げれば、二十万ゴールドが入ってくることになる。それなら二、三か月は暮らしていけるだろう。

冒険者たちは逡巡《しゅんじゅん》した後、逃げ帰る、あるいはとどまる決意を決めていく。そうした中、バートはこそこそと集団の前から、後ろの方へと移動した。その姿を見つけるなり、追いかけていった冒険者が声をかける。

「バートさん、どこ行くんですか？」

「ん？　帰ろうかなって」

「まさか。冗談はやめてくださいよ。頼りにしてますから」

「はあ。男に頼りにされても嬉しくもない」

「攫われた者たちの中には、若い女性もいるそうですよ。助けたらきっと、仲よくなれますって」

「おい……それは確かなんだな？」

やる気のないバートの表情が、いつになく引き締まった。

エヴァンはそのやり取りを見ながら、もしかするとバートはかなり深刻な状態に陥っていたのかもしれない、と憐《あわ》れんだ。

7

エヴァンが思っていたより帰った冒険者たちは少なく、八割以上が残った。

村人の護衛のため、この場に数人を残し、それ以外の全員で救助に赴くことになった。攫われたのは村人の半数近い六十人ほどだそうだ。

おそらくは大蜘蛛が子を産もうとしており、その際の餌《えさ》とすべく攫っていったのだと、村人は言っていた。そのため、鮮度を落とさないために殺されてはおらず、せいぜい麻痺《まひ》させられているくらいだろうとのことだ。それは逆に、油断すれば、冒険者たちといえども蜘蛛の腹に収められる可能性があるということでもある。

「エヴァン様、これでよろしかったのですか？」

「どうだろうね。俺には結果が出るまでわからないよ」

「大丈夫ですよ、私が守ってみせますから！」

セラフィナは力強く槍を握った。非常に頼もしい姿であったが、矢面《やおもて》に立たせるわけにはいかない。エヴァンにとっては、彼女の安全が何より重要なのだから。

エヴァンは町に帰らなかったものの、危険があればすぐに引き返そうと考えていた。できることをやる、できないことはすっぱりと諦める。その潔さがなければ、この先、生き残ってなどいけないだろう。

「エヴァンさん、そう難しい顔をしなさるな。何とかなりますよ」

ガストンは柔和《にゅうわ》な笑みを浮かべる。冒険者は今がよければいいという考えの者が多く、そのせいか楽観的な者も多いが、エヴァンにとってそれは考えることを放棄しているだけにしか思われなかった。

何も考えずに生き延びることができてきたのは、たまたま上手くいっていたに過ぎない。考えられるリスクに対し、より安全な手段を選んでいかなければ、長期的に生きていくことは難しいだろう。

エヴァンは、取りまきたちと和気あいあいとしているパートの方を見る。彼は軽口を叩きながら、これから死地《しち》に赴くとは思えないほどの気軽さを見せていた。

「お前ら、前衛は任せたぜ」

「バートさんの方が剣の腕はいいでしょう。そんなこと言わないでくださいよ」

「馬鹿言うなよ。魔法が使えるのにわざわざ危険を冒してたまるか」

バートが余裕を持っているのも、剣を使わず魔法主体で行くという、安全マージンを取っているからこそなのかもしれない。頑《かたく》なに剣を使おうとはしない彼だが、万が一のときに備えて、剣の訓練は毎日欠かさないそうだ。

一団が大蜘蛛の去っていったという方へ進んでいくにつれ、魔物の姿は見当たらなくなってくる。果たして本当にこの先にいるかという疑問が浮かばないでもないが、木々に垂れ下がった蜘蛛の糸は彼らを誘い出すように輝いていた。

次第に冒険者たちも口数が少なくなっていき、警戒を強めていく。やがて向こうに、白い糸が張り巡らされている、大蜘蛛の巣が見えてきた。

目標はあくまで村人の救出であり、敵を狩ることではない。必要以上の戦闘は避けるに限る。

周囲の岩石や倒木などを利用して作られた蜘蛛の居城は、半透明の糸で複雑に入り組んでおり、迂闊《うかつ》に進めば全身に絡みついてしまう。

大蜘蛛の存在に気を配りながら、一団は糸を掻い潜り進んでいく。いつ、敵が現れるかもわからない緊張感は、時間感覚を狂わせる。

暫くの間、何ごともなく進んでいくと、冒険者たちは頻《しき》りに背後を気にするようになってきた。

敵城へと進んできたつもりだったが、いつしか囚《とら》われの身になっていたのではないかという危惧からだろう。

やがて、柔らかく水気を帯びたものを弄《いじ》り回すような、奇妙な音が聞こえてくるようになる。音源が近づくにつれて、次第に異臭も漂ってきた。

糸が絡みついた岩の陰から様子を窺うと、そこには巨大な蜘蛛の臀部《でんぶ》が見えた。数本の足は鋼《はがね》のように鋭く、突き刺されれば人体など軽く風穴を空けられてしまうだろう。

そうしていると、何かを咀嚼《そしゃく》していた大蜘蛛は、ぼとり、とそれを零《こぼ》した。赤い肉片だ。よく見ると、鼻と目がついている。あまりにも変わり果てた姿ゆえに、それが何であったか、暫し理解が遅れる。

——人を食らっている。

初めて相対する食人の現場。悍《おぞ》ましく醜悪なる敵に、エヴァンは生まれて初めて本能的な恐怖を抱いた。被食者としての生存本能の働きであったのかもしれない。

だが、同時に理不尽な怒りが生まれた。彼《か》の者がどんな人間であったかなど、微塵も知りはしない。それでも激しく燃える感情は、エヴァンが人の社会で生きてきたからこそ抱いた連帯感の表れだった。

人が魔物を殺すことが不可避ならば、魔物が人を殺すこともまた、自然の摂理《せつり》。だが、恨《うら》むこともまた自由である。決して相容れぬ相手には、ただ感情と暴力の応酬で立ち向かうほかない。

けれど、彼を駆り立てる衝動は、この場においては妨げ以外の何にもなり得ないものだった。だからエヴァンは奥歯を噛み締め、ぐっと感情を押し殺す。無感情にもほど近い、冷静さが戻ってきた。

バートは周囲に、大蜘蛛の向こうにある、繭《まゆ》のように糸で囲まれた小部屋状の空間を顎《あご》で示す。おそらくは、そこに村人たちがいるのだろう。彼らがどのような姿であるか、覚悟を決めていかねばならない。

大蜘蛛が食事をしている間に、バートは音を立てずに走り出した。冒険者たちが後に続く。しかし、そのほんの僅かな音にも大蜘蛛は反応し、くるりと振り向いた。

先に駆け出していた冒険者たちは既に奥の小部屋へと到達していた。だが、今にも飛び出さんとしていた男が、しかと大蜘蛛の目に捉えられた。

次の瞬間、空気が揺らいだ。エヴァンたち後続が隠れていた岩の方にまで、大量の血飛沫《ちしぶき》が飛んでくる。

付近は濃い影にすっぽりと覆われている。もし大蜘蛛が、ここを訪れた冒険者が一人ではなく複数であると気付けば、すぐさま襲い掛かってくるはずだ。大きな頭をほんの少し、糸や岩の陰へと向けた瞬間、そこはすぐに血の海と化すだろう。

冒険者たちはただひたすらに、明るい未来の到来を祈りながら、息を止める。もしこの裏で何かが起こっていたら。頻《しき》りに目だけを動かして、左右や上を警戒する。だが、彼らが本当に知りたい情報は、蜘蛛の糸に遮られてしまっている。自らを隠してくれているはずの糸が、今はかえって不安を煽るばかりだった。

そうしてどれほどの時間が過ぎただろう。冷や汗がだらりと流れ出し、頬を伝っていく。くちゃくちゃ、と咀嚼する音が聞こえ始めた。おそらく大蜘蛛は、エヴァンたちの存在に気が付いてはいない。影は離れることなく、近くに居座り続ける。思わぬ状況の悪化に、一同の表情は硬くなっていく。

だが、膠着《こうちゃく》した状況が変わった。バートたちの向かった方から、大きな音がしたのだ。大蜘蛛の注意が一瞬、そちらに逸れる。その隙に、エヴァンたちは一斉に飛び出した。

どっと汗が流れ出す。高まっていた緊張が弾けるように、者どもは地を踏み込んだ。それから救いを求めるかのごとく空を仰ぎ、大きく息を吸った。そしてやや離れたところに身を隠すと、陰から敵の様子を窺う。

大蜘蛛は長い脚を縮めて、小さな部屋状の、繭の中へと入っていく。向かう先にバートたちがまだ残っていれば、逃げ道などなくなっていたはずだ。

しかし、意外にも叫び声が聞こえてくることはなかった。代わりに、繭が引き裂かれるような音が響く。

既に脱出した後なのだろうか。エヴァンがその考えに至ったとき、視界の隅にバートたちの姿が映った。どうやら、とっくに繭を切り裂いて出てきていたらしい。集団には、数十人の村民たちが交じっている。だが、どうやら麻痺させられているようで、その足取りは覚束《おぼつか》ず、素早く駆け抜けることはできそうもなかった。

大蜘蛛はすぐに逃げた餌を追ってくるだろう。老人の歩調に合わせていては、いつ襲われるかもわからない。

涼しい顔をしているバートは、こんなのは造作《ぞうさ》もない、とでも言いたげな余裕がある。だが、彼の表情はすぐに崩れることになった。

エヴァンたちの方に戻ってくる彼らの眼前に突如、巨大な大蜘蛛が立ち塞がった。分断された冒険者たちの間に位置する大蜘蛛。挟撃《きょうげき》ができるなら、一見有利な状況に見える。しかしこのとき、バートたちの背後の繭から、先ほどの大蜘蛛が頭を覗かせていた。

蜘蛛は番《つが》いだったのだろう。すっかり失念していたもう一体の可能性。挟撃される形になって、バートはさすがに冷や汗を垂らした。

大蜘蛛に挟まれたバートたちを見ながら、エヴァンは思案する。

この状況を切り抜ける道は二つ。一つは大蜘蛛がまだ後続の存在に気付いていないうちに、バートたちを見捨てて逃げる方法。そしてもう一つは、近くにいる大蜘蛛を襲撃して虚を突いた隙に、合流する方法だ。バートの方に意識が向いている今、奇襲は高い確率で成功する。

判断を誤れば、取り返しのつかないことになる。しかし、のんびり考えている暇はない。冒険者たちの数が減ってからでは間に合わないのだから。今すぐに、効果的な一撃を放つ必要があった。

エヴァンに必殺の一撃を放つことは叶わない。だが、少ない魔力を嘆いている場合ではなかった。連弩に手をかけると、周囲の冒険者たちも触発されて武器に手をかける。セラフィナも投げ槍を手に取った。

彼女の瞳に迷いや曇りはない。それゆえにエヴァンもまた、未来への疑いを抱くことはなかった。彼女とならば、必ずこの場を切り開いていけるのだと。

誰からともなく、冒険者たちが飛び出し、侵食領域を展開する。セラフィナはエヴァンよりも先に出て、大きく振りかぶり、槍を投擲した。

放たれた投げ槍は、すさまじい勢いで大蜘蛛の脚の一本を掠めていき、そのまま胴体へと深々と突き刺さる。

エヴァンはすぐさま制御魔法により、連弩の狙いを付け、矢を放った。それが向かう先にある大蜘蛛の脚は、セラフィナの槍に抉《えぐ》り取られたことでよろめいている。しかし矢は、後端の魔石から魔力を供給され、あらかじめ用意していた制御魔法により実行される力場魔法で、目標とのずれを修正していく。

先ほどの衝撃で肉が千切れつつあった蜘蛛の脚は、すっかり細くなった紐状の部分に矢を突き刺され、ぶちりと自重で途切れた。長く重い脚が地に落ちると共に、支えを失った大蜘蛛は体勢を崩した。

冒険者たちは矢を放ち、魔法を撃ち込んでいく。手数の多さでは、大蜘蛛を圧倒していた。だが、巨体が怯《ひる》むことはなかった。

数多《あまた》の脚を動かして、大蜘蛛は襲撃者たちの方を振り向く。そして放たれる、鋭い脚による突き。

狙いは、しかとセラフィナにつけられていた。

先ほど冒険者をいとも容易く屠《ほふ》った一撃が、伸びてくる。

盾があれば防ぐこともできたのかもしれない。だが、セラフィナは槍を投げたばかりで、無手《むて》であった。それゆえに、鋭利な敵の脚を受け止めることができるものはなかった。

セラフィナは跳躍すると共に体を捻り、直撃を避けようとする。だが、圧倒的な大きさの差の前では、微々たる違いに過ぎない。

避けきれない。そう判断したのか、セラフィナは右腕を前に出した。

赤い血が舞った。鋭い大蜘蛛の脚は、宙を舞うセラフィナの腕を抉り取っていく。

「セラ――――!」

エヴァンはいつになく、頭に血が上っていた。剣を抜き果敢に飛び込むと、大蜘蛛の脚を切りつける。だが、両断するには至らなかった。

大蜘蛛の脚は、切り口から体液を噴き出しながら、本体の方へと戻っていく。セラフィナの血と混じり合って、地面に赤黒い水たまりが作られる。

エヴァンはほかに目もくれずセラフィナの元に駆け寄る。

「エヴァン様! この程度、問題ありません!」

セラフィナは片手で受け身を取りながら、素早く体勢を立て直す。先ほどは自ら飛んで衝撃を押し殺したらしい。

しかし、流れ出す血の量に偽りはない。表情からは痛みが見て取れた。もはや彼女の右腕はこの戦闘では使い物にならないだろう。利き手をやられてしまっては、継戦も難しくなる。

だが彼女の行動は無駄ではなかった。大蜘蛛は二度も痛手を負って、警戒するように距離を取ったのだ。バートと共に向こうから駆けてくる冒険者たちは、更に速度を速め、大蜘蛛の側面を通り過ぎんとする。

「走れ走れ走れ！　死にたくなかったら、とにかく走れ！」

バートが怒号にも近い声を上げる。背後にも、前にも大蜘蛛。もはや遅れた者は、命を刈り取られるしかなかった。

逃走劇が成功に終わろうとしたとき、脚を二つやられて倒れていた、バートらの近くにいる大蜘蛛が大きく震えた。

投げ槍に貫かれて血を滴《したた》らせ続けていた胴体が下がり、地面に近づく。そして、次の瞬間。体液と共に黒いものが一斉に噴き出した。それは腹に抱えられていた子蜘蛛ども。まさに蜘蛛の子を散らすように、生まれ落ちた喜びを表しながら、どこまでも広がっていく。

大人の膝のあたりに届くほどの大きさのある子蜘蛛だ。強力な顎に噛まれれば、到底軽傷では済まないだろうし、毒が回れば捕食されるのを待つしかなくなる。

そして子蜘蛛たちは、目の前に差し出された人々を見て、腹部にある糸いぼを向けた。一斉に放出される糸が、戸惑う村人にくっついていく。

村人は逃げ出さんとするも、糸はゴムのように伸びるばかり。糸が巻き取られるにつれて、蜘蛛の方に引き寄せられ、あるいは背中から飛び掛かられて、その毒牙の餌食になる。

悲鳴、絶叫。そして立ちすくむ足。

飛び散る肉片の中、蠢《うごめ》く子蜘蛛どもはさらなる惨状を生み出していく。もはや人々の間に、統率は見られなかった。

バートは広げた侵食領域内に炎を生み出し、力場魔法で空中に維持したまま蜘蛛に近づける。追い払うだけに過ぎず、糸を溶かすことも、敵を燃え上がらせることもできない。

もしここで山火事を起こせば、大蜘蛛は倒せるかもしれない。だが、その前に焼死体がいくつできるかもわからないからだ。

村人や冒険者、子蜘蛛が入り乱れる阿鼻叫喚の巷《ちまた》に、エヴァンはなす術もなく、後じさりした。

この状況において、彼にとって大切なものは、セラフィナの無事だけだった。怪我をした彼女を連れて渦中《かちゅう》へと飛び込むことは、到底考えられない。

エヴァンの付近にいた冒険者たちは、呆然とその有様を眺めているか、あるいは既に逃亡の準備に入っていた。村人を連れた冒険者たちも、まだ毒が回っているせいで駆ける速度の遅い村人たちを見捨てて我先にと駆けていく。

もはやどうにもならない流れだった。

「狼煙《のろし》を上げろ！」

バートの叫び声。エヴァンは我に返ると、慌てて行動を起こす。出発の前に取り決めておいた、危うくなったときには残してきた冒険者たちだけで村人を連れて逃亡させる合図だ。バートもこの状況を危機的だと感じているのだった。

二手に分かれていた冒険者たちが合流すると、もはや敵の注意は個人ではなく集団に向かうことになる。半ば自暴自棄になった冒険者たちは矢を放ち、魔法による投石を行い、子蜘蛛を蹴散らす。だが、一体や二体を仕留めたところで、状況が大きく変わることはない。

駆けていく一団は、遅れた者から蜘蛛の糸に絡め取られていく。背後に骨の砕ける音、肉の千切れる音を聞きながら、ただひたすらに、己の生還を願って足を動かす。

初老の男性が、倒木に躓《つまず》いた。起き上がるまではほんの僅かな時間だった。しかし集団から一人だけ遅れた瞬間、子蜘蛛は一斉に飛び掛かっていく。一体が男に組み付いて引き倒すと、毒を流し込んでいく。叫び声を上げる男に、次々と蜘蛛が群《むら》がり始めた。

聞こえてくる声から希望が失われて、痛みに悶《もだ》えるものへと変わっていく。

助けを求めて天へと伸ばされていた腕が、盛大な音を立てながら、途中でへし折れた。

生きたまま子蜘蛛どもに貪《むさぼ》られ、顔の皮が剥がされて、次第に真っ赤な肉の中から骨が見えてくる。やがて身に着けていた衣服は引きちぎられ、見るも無残な姿を曝《さら》け出す。

「振り返るな！　走れ！　助かりたかったら、とにかく走れ！」

半狂乱になりつつも、誰もが恐怖から逃れようと地を踏みつける。これで助かるのだと自己に暗示をかけながら。

8

追ってくる子蜘蛛を切り払いながら、冒険者たちは大蜘蛛の巣からの脱出を試みる。少なくない犠牲を出しながらも、周囲に蜘蛛の糸がなくなってくると、誰もが安堵した。

ようやくこれで解放されたと、先頭を行く冒険者たちが気を緩めた瞬間、大きな影に覆われた。見上げた男は、降ってきた大蜘蛛に踏み潰されて、大量の血をぶちまける。立ち塞がる敵を前に、彼らの足が止まった。

不幸中の幸い、子を産んだ大蜘蛛は重傷ゆえに追ってくることはなかったが、背後には子蜘蛛の群れ、前には大蜘蛛と、進退窮《きわ》まる状況であった。

「脚を狙え！　奴が倒れた隙に一気に駆け抜けろ！」

バートは集団から一人離れ、広い侵食領域を展開する。そして半径一メートルほどもあろう大岩を生み出す。大蜘蛛は、一人離れた彼を見るなり、捕食対象に決めた。

バートがやられるということは、この集団が瓦解することと同義だ。それだけは、避けねばならない。エヴァンは咄嗟に連弩の引金を引いた。

放たれた矢は狙い通りに向かっていき、比較的柔らかな口中へと飛び込んだ。どれほど硬い外殻があろうと、中はその限りではない。矢は深々と肉を食い破っていく。

大蜘蛛は地団太を踏むように数多の脚を振り回し、暴れまわる。

バートはこの隙に大岩を撃ち出した。体積に見合わぬ速さで飛んでいく巨岩。急いだせいか狙いは大雑把で、大蜘蛛の胴体の下半分を掠めるだけであった。

押し潰すには至らなかったが、大蜘蛛は衝撃で動くことができなくなる。

この好機を逃さない手はない。冒険者たちは一斉に剣を振りかぶり、大蜘蛛に向かって駆け出した。どれだけ敵に被害を残せるかが、今後の運命を分かつことを、誰もが予感していた。

彼らは大蜘蛛の横を通り過ぎながらその脚を切り付けていく。だが、なまくらでは刃が通らず、浅く表面を切り裂くだけに過ぎなかった。エヴァンも連弩を仕舞うと彼らに続いて、剣を振り下ろす。

それまで斬撃を受け続けていた大蜘蛛の脚に、亀裂が走る。セラフィナはすぐさま片腕で槍を振り回し、体の回転による勢いを乗せた一撃を叩き込んだ。

音を立てて、大蜘蛛の脚が引きちぎれていく。巨体が倒れ込んでくると、一斉に冒険者たちは距離を取った。蜘蛛が頻《しき》りに脚を動かし、追撃を受けないようにしたからだ。

置いていかれまいと、村人たちが一斉に冒険者たちを追いかける中、一人の少女がその場でぐずっていた。このような状況にあって、無理もないことだったのかもしれない。一瞬だけ足が止まったことが彼女を引きとどめる要因となったのだろう。一度途切れてしまった意識は、恐怖ばかりを増大させていく。

だが魔物にとっては、食べてくれと言わんばかりの行為であった。近くにいた子蜘蛛が飛び掛かっていく。だが、牙が柔肌を貫くより早く、剣が子蜘蛛を引き裂いた。

剣の持ち主はエヴァンの見知った顔であった。ガストンはすぐさま少女を抱きかかえ、冒険者たちのところに戻っていく。長い経歴を思わせる、手慣れた動きだった。

だが、既に大蜘蛛は体勢を立て直していた。近くにいた冒険者たちは遠くまで行っている。だから、たった一人遅れたガストンに狙いが定まるのは、当然のことだった。

誰一人、彼を助けようとする者はいない。何も無情であったわけではない。ただ、自分のことだけで精一杯であったというだけだ。

次の瞬間、大蜘蛛の脚がガストンの胴体を貫いた。腕の中にいた少女は、頭部が吹き飛んでいる。即死だった。

ガストンは自身の怪我よりも、幼い命が奪われたことに、呆然自失となっていた。大蜘蛛の影が、覆いかぶさる。

エヴァンは大蜘蛛が咀嚼する音を聞きながら、歯を噛み締めた。振り返ることはしない。どうにもならないとわかっていたからだ。戦場でできることはあまりに少なく、自身の力量を誤った者から死んでいく。ほんの僅かな大切なものを拾い上げるためには、あまりにも多くのものを切り捨てなければならなかった。

ガストンの行為は、冒険者としては間違っていたのかもしれない。しかし、エヴァンは彼が選択を誤ったのだとあざ笑うことはできなかった。

もし大切な人が危機に陥ったとき、果たして冷酷になりきれるのだろうか。

なれるはずがない。エヴァンの頭にはすぐ答えが浮かぶ。何を犠牲にしようとも、進むべき道は決まっていた。

エヴァンは隣を行くセラフィナの様子を、横目で窺う。先ほどの怪我のせいで出血が激しく、息も荒い。

(彼女だけは、絶対に……!)

エヴァンは決意を新たにする。それだけが、何があっても絶対にやり遂げねばならないことだった。

そうしていると、背後からセラフィナへと子蜘蛛の糸が放たれた。痛みのせいか、彼女の反応が遅れる。エヴァンは咄嗟に飛び出して盾で受け止めるも、糸が伸縮する勢いを生かして本体が跳んでくる。

勝負は一瞬で決まる。今はセラフィナの援護も期待できない。してはならなかった。

エヴァンは剣を抜き、向かってくる敵へと向き直った。噛み付かれれば毒が回り、逃亡さえ不可能になるかもしれない。

だが、成さねばならないことがある。すべての感情を押し殺し、ただ目標に精神を集中させる。狙うは胴体だ。いくら見かけが大きかろうと、子蜘蛛の大部分は脚であり、体積が大きいわけではない。

子蜘蛛はエヴァン目がけて口を開いた。

ぎりぎりまで引き付けると、エヴァンは掻い潜るように、姿勢を低くする。両者を繋ぐ糸はたわんでおり、子蜘蛛は咄嗟に反応できなかった。エヴァンは真っ直ぐに刃を向けると、敵の勢いを生かして力を入れることなく、切り裂いた。

真っ二つに断裂した子蜘蛛は、そのままの勢いで、エヴァンの後方へ飛んでいく。死骸を背中で受けた男が、ひっ、と小さく悲鳴を漏らす。

「エヴァン様――」

「町まではもう少しだから。何も心配などいらないさ」

エヴァンは努めて明るく振る舞う。セラフィナが気負わずに済むように、強くあらねばならなかった。

一団はひたすら走り続ける。体力がないものから遅れていき、子蜘蛛の餌食となっていく。どれほど子蜘蛛を狩ろうとも、冒険者の数が上回ることはない。

もしかすると、敵も最初から比較すればかなり減ったのかもしれない。だが、冒険者と村人の数はそれ以上に減っていた。

村人たちは半数以下になっており、冒険者のうち戦意に溢れていた者たちは、既に亡くなっている。誰もが表情に疲労を浮かべていたが、泣き言など口にはしない。その労力すらも惜しいのだろう。

山の終わりが見えてきた。麓《ふもと》には、おそらく先に戻った冒険者たちが増援を依頼しているはず。期待をしながらひたすら山を下る。やがて、視界が開けた。

そこにいたのは、数十人の冒険者たち。弓を構え、既に迎撃態勢に入っている。逃亡してきた一団が山から抜け出ると、彼らはその背後にいるだろう、まだ見ぬ敵に向けて矢を放つ。

エヴァンは空を見上げる。頭上を数多《あまた》の矢が通り過ぎていく。

「くそ、まだ早いだろうが！」

バートが悪態をついた。

矢のほとんどは敵の手前に落ちて役に立たないどころか、冒険者たちの間に突き刺さるものすらあった。統率力に欠ける集団は、誰か一人が泡を食った途端、皆が引きずられてしまったのだろう。

しかし、木々の合間から子蜘蛛が飛び出してくるようになると、降り注ぐ矢はようやく効果を表し始めた。

命からがら逃げてきた一団は、弓兵の前にまで行くと、助かったとばかりにへたり込んだ。

子蜘蛛の群れは、暫くして沈黙する。これで終わったのだと、エヴァンはひと息吐いた。しかし、山の方から聞こえてくる音は、まだ何も終わってはいないのだと知らせてくる。

そして現れた蜘蛛の群れ。大蜘蛛が追ってきたのかと思われたが、そうではないことがすぐにわかる。それぞれの大きさは子蜘蛛の数倍ほど、大人の背丈ほどの全高を持つ個体だ。

「ああ、親蜘蛛の死骸でも食って膨れ上がってきやがったか？」

「まさか、そんなに早く成長するはずが」

「魔物なんだ。不可能ってことはねえだろ」

バートは仲間に投げやりにそう言った。そうして立ち上がり、侵食領域を展開する。増援に来た冒険者たちだけで太刀打ちできる相手ではないだろう。疲労を押して、座り込んでいた者たちも立ち上がる。

蜘蛛どもが向かう先には、村民が、そして町が控えている。金のため、あるいは名誉のため、はたまた自らの誇りを穢《けが》されないために、ここで下がるわけにはいかない。

「セラ、大丈夫だから、避難してて」

「何をおっしゃるのですか。いついかなるときも、エヴァン様と共にいます！」

「……ありがとうセラ」

エヴァンは連弩を手に取り、蜘蛛の群れに狙いを定める。有効射程距離は弓に比べると遥かに短い。それゆえに、衝突する前に数発撃てればいい方だ。

向かってくる蜘蛛へと、矢は降り注いでいく。だが、これまでの子蜘蛛のようにはいかなかった。矢を浴びつつも致命傷にはならず向かってくるもの、その陰にいて当たらないものなど、敵の勢いは落ちない。

真っ先に切り込んできた蜘蛛が、矢を番《つが》えていた冒険者に狙いを定めた。男は慌てて剣を抜くも、進む蜘蛛の脚は止まらない。

血の飛沫が、混戦の始まりを告げた。

エヴァンは侵食領域を展開し、セラフィナの領域と重ね合わせる。彼女が時空魔法を用いると、その影響が流れ込んでくるように制御魔法によって調節。加速された時間に入る。

手にした連弩から、向かってくる一体に向けて矢を放つ。弓なりに飛んでいき、落下速度とも相まって、鋭く敵に突き刺さった。しかし、やはりその勢いは落ちない。

敵の数はおそらく百に満たないだろう。一人当たり一体を狩れば、すべて片付く計算である。だが、逃亡を続けてきた冒険者たちにそんな余力など残っていなかった。

増援の冒険者たちが前に出て、敵に備える。しかし怯まぬ敵を前にしてどこか及び腰に見えるのは、無理からぬことか。

エヴァンはダグラス家の家紋の入った剣を抜く。相変わらず鈍い輝きを放っていた。持つ手にはすっかり疲労が蓄積しているが、家名の重みが気持ちを引き締める。腕からは余計な力が抜けており、いつも以上の自然体を作り上げる。

連弩を放り投げ、盾を掲げる。それらは自動制御により力場魔法を加えられ、空中の一点でぴたりと静止した。もはや魔力は多くない。それでも、有らん限りの力を出し尽くすまで、へこたれるわけにはいかない。

エヴァンは隣のセラフィナを横目で見る。血は固まったものの、片腕で自身の身長を超す槍を振るい続けることは難しい。何より片腕では槍を引き戻す動作が難しく、大きな隙を生み出してしまうだろう。

（……俺が、やらなければならない）

エヴァンは呼吸を整え、敵を見据えた。

蜘蛛どもは冒険者に襲い掛かり、前線を抜けたものが、無防備な村人を食らわんと向かってくる。

心身共に疲労困憊《こんぱい》であり、エヴァンの状態は最悪である。にもかかわらず、集中力はこの上なく高まっていた。この場を、必ずや切り抜けねばならない。

（邪魔をする者は、何であろうと屠《ほふ》ってみせる）

すっと一歩を前に踏み出し、セラフィナの前に出る。彼女には、触れさせやしないのだと。

そして、一体の蜘蛛が冒険者たちの壁を飛び抜け、エヴァンに向けて凶暴な牙を剥き出しにする。

振り上げられる蜘蛛の脚。その一本は体に比すとやけに大きく、先端はあまりにも鋭い。食らえばひとたまりもないものだ。それでもエヴァンは臆《おく》することなく、更に踏み込んだ。

体は自然に動いていた。彼の心臓を貫かんと蜘蛛の脚が振り下ろされた瞬間、侵食領域内にあった盾に制御魔法が用いられ、自動で移動する。勢いが乗るよりも早く防がれて出鼻をくじかれた敵は、その場に留《とど》まりつつも、すぐさま反対側の脚を突き出してくる。

エヴァンは敵をぎりぎりまで引き付け、脚が伸びきる直前に、斜め前方へ踏み込んだ。すぐ脇を過ぎていく蜘蛛の脚。エヴァンは反射的に切り上げた。

ピンと伸びきった関節へと垂直に叩きつけるかのように振るわれた剣は、いとも容易く蜘蛛の脚を両断した。細くなっている先端部分を含む切片が空中に打ち上げられ、くるくると回転する。

その隙に、セラフィナが飛び出した。助走の勢いを生かし、大上段から打ち下ろすように槍を振るう。穂先は蜘蛛の胴体へと直撃し、切り裂いていく。だが、完全に断ち切ることは叶わず、途中で肉に阻まれて、動かなくなった。

片手では上手く引き抜くことができずにいるところへ、強力な顎が向けられる。エヴァンはすぐさま、連弩に制御魔法を用いた。瞬間、射出の指令が届き、力場魔法によってレバーが引かれ、矢が撃ち出された。

放たれた矢は、狙いを過《あやま》たず蜘蛛の上顎へと吸い込まれていく。厚い皮膚も貫き、あたかも空中に縫い付けるように、動きを止めさせる。急な衝撃によって、籠《こ》められていた力が分散し、体勢が崩れる。

エヴァンは射出と同時に、セラフィナの元へ動き出していた。だが、彼がセラフィナの前に出るより早く、蜘蛛はよろめきながらも、苦し紛《まぎ》れの一撃を繰り出した。水平線を刈り取るような横薙ぎの軌跡を、剣で逸らすのは難しい。受け止めるには膂力《りょりょく》が足りず、回避するのは容易いがセラフィナの方に向かっていってしまう。

しかし諦めるという選択肢はなかった。

それからのエヴァンの行動は早かった。まだ空中にある、千切れた蜘蛛の脚を片手で掴み取る。蜘蛛の脚は既に敵の本体から切れており、エヴァンの侵食領域の中にある。それゆえに、魔物ではなくただの物体と見なして、魔法を用いることが可能であった。

剣を上に放り投げると、手にした敵の脚であったものを槍と見なし、日ごろから見てきたセラフィナの運動モデルを使用する。エヴァンが遠く及ばぬほど、高い筋力と抜群のセンスに裏付けられた動きであったが、制御魔法はそれさえも疑似的に可能としてしまう。

エヴァンの体と手にした蜘蛛の槍に力場魔法が使用されると、制御魔法によってセラフィナの動きとの誤差が修正されていく。そして槍は美しく理想的な弧を描き、地面と水平に向かってくる敵の一撃の軌道と交差する。

遠心力を生かした打ち上げによって敵は弾かれ、無防備な胴体を晒《さら》した。それでも蜘蛛は諦めず、最後っ屁とばかりに尻を向けてくる。糸を生み出す合図だ。

エヴァンは敵を打ったままの体勢で、一瞥をくれる。そしてゆっくりと片手を伸ばし、腕の周囲を取り巻くように侵食領域を拡張。

このときには、剣が重力に従って落ちてきていた。エヴァンの侵食領域に入るなり、力場魔法を与えられ、敵目がけて急加速する。

一条《ひとすじ》の光が走り、遅れて視界を赤く染めた。

蜘蛛の胴体に突き刺さった剣が、血塗られていく。硬直しているのか、蜘蛛は微動だにしなかった。

エヴァンは手にしていた蜘蛛の脚を放り投げ、槍を引き抜いたばかりのセラフィナに近づいていく。

「エヴァン様、ありがとうございます」

「セラが無事で何よりだ」

周囲を警戒するように視線を巡らせると、押されている冒険者たちの姿があった。もう、村人まであと一歩である。

恐れをなした村民たちの中から、悲鳴が上がる。

エヴァンはすぐさま救援に行こうとするも、足がすくんだ。頭の中に冷静さが残っていたからだろう。数匹の敵を相手に、一人で立ち向かうことほど無謀なことはない。

先ほど見たガストンの最期が頭にちらつく。何を犠牲にしても生き延びるという信念が揺らいだ者から死んでいく。疲弊し魔力も底を突いた今のエヴァンにできることなど、何もありはしない。

（……俺は、あそこには行けない）

エヴァンは村人の命と、隣の彼女を天秤にかけて、あっさりと決断を下した。もし、セラフィナが怪我をしていなければ、果敢に飛び込んだかもしれない。だがこの状況では、彼女をむざむざ死なせに行くようなものだった。

蜘蛛の一体が、冒険者たちの横を突っ切り、村人の方へ向かっていく。それを皮切りに、二体、三体と続いていく。

村民を射程内に捉えると、先頭の一体が糸を吐いた。太く長い塊が村人の一団の方に飛んでいき、若い女性を絡め取った。華奢な体はうっ血するほど強く締め付けられ、すぐさま蜘蛛の方へ引っ張られていく。

蜘蛛はカチカチと歯を鳴らし、飛んでくる餌を待ち侘びる。

女性の悲鳴が響き渡った。生きたまま食われる恐怖たるや、想像を絶することだろう。

が、女性は突如、宙に投げ出された。いつしか、目の前にあったはずの蜘蛛の頭部がなくなっていた。それを吹き飛ばしていたのは、巨大な岩石。生み出したのは、蜘蛛の群れの中へと飛び込む一人の男。

バートは剣を抜き、蜘蛛たちへ向かって真っ直ぐに突っ込んでいく。孤立した彼に、蜘蛛どもが群がり始める。数多の敵に囲まれてなお、バートが慌てることはなかった。吐き出された蜘蛛の糸を掻い潜り、一気に懐に入ると剣が翻《ひるがえ》る。

一本、二本、次々に脚を切られ、蜘蛛の群れはその場に倒れていく。それからバートは滑り込むようにして跳躍、空中に放り出された女性が地に打ち付けられる前に、片手で軽々と抱きとめた。

「怪我はないかね、美しいお嬢さん」

さり気なく彼女の尻を撫でながら、バートは微笑を携えて尋ねた。一方で近づいてくる蜘蛛たちに対しては、剣をずいと突き出して、鋭く威嚇する。

あれほどまでに剣の使用を嫌っていたバートが、鞘《さや》から抜いたことの意味。もしかすると、覚悟の表れなのかもしれない。

彼は侵食領域を思い切り広げる。それはやがて半径五メートルほどにも達し、蜘蛛たちの持つ薄い侵食領域ぎりぎりまで迫っていく。

そして伸展が終わると同時に、領域の辺縁に魔力が一気に流れ込む。轟々《ごうごう》と音を立て、炎が巻き上がった。

激しい揺らめきと膨大な熱量を前にして、蜘蛛はたじろぎ距離を取る。その隙に、バートは駆け出した。向かう先は、村人たちの一団の方。まだ怯えている女性を抱きかかえ、邪魔する蜘蛛に切り掛かる。

突如、炎の中から現れたバートを前に、蜘蛛は反応することができなかった。一瞬にして剣は胴体を真っ二つに切り落とす。この動作と同時に、近くにいた数体に無数の礫《つぶて》を撃ち出し、その視界を塞ぐことさえやってのけた。

包囲網を切り抜け、女性を他の者たちのところへと逃がすと、バートはくるりと向き直って、再び剣を構えた。広げた侵食領域を二、三メートルほどにまで縮める。

村人に迫る蜘蛛の群れは、冒険者たちの横を通り抜けてきたものが次々と補充され、規模は更に大きくなっていた。そして冒険者たちと、村民を守るバート一人に挟まれた群れ、という形が出来上がった。

それは挟撃というには、あまりにもひどい陣形だった。だが、バートはこの状況を茶化《ちゃか》すことも軽口を叩くことも、まして苦言を呈《てい》することもしなかった。ただ冷静に状況を分析し、活路を探す。

普段の様子からはまったく想像もできない姿だった。

エヴァンは彼の方を見ながら、暫し悩む。本当に、死地を外から眺めていることが正しいことなのかと。

そうしているうちに、蜘蛛の群れが動き出す。向かう先は冒険者たちの方ではなく、たった一人でいるバートの方だ。蜘蛛が背を見せると、冒険者たちは後を追いながら矢を放ち、魔法で敵を穿《うが》つ。

真っ黒な波のようになって押し寄せる敵を見てもバートは動きを見せず、ただ機を待っていた。立ち姿からは、熟達した技術だけでなく、卓越した精神力が感じられた。

エヴァンはそこに、冒険者としての覚悟のようなものを感じていた。生き延びること、そしてでき得ることを成すこと。その限界を行くこと――いわば究極の幸運を掴み取り続けることこそ、技巧の極致ではないのだろうかと。

そこまで考えて、エヴァンは再び、意識を切り替える。未熟さゆえに感化された早計かもしれないのだから。自信を持って言えることは、やはりただ一つだけだった。

「セラ、君は俺が守ってみせる。何があろうと絶対に」

「……はい！　エヴァン様は私が守ってみせます！」

セラフィナは大きな橙色の瞳を丸くするも、すぐに嬉しげに細めた。

幼い日の誓いが、明確な言葉となって甦る。今度は夢物語ではなく、確かな行動の指針として。

ともかく、いつまでも突っ立っているわけにはいかない。何かあったとき、すぐに動けるようにしておかねばならない。今のエヴァンは魔法も使えないため、連弩や盾は地面に放置したまま、蜘蛛の腹に突き刺さったままの剣に手を伸ばす。

剣身はすっかり赤く染まっていて、握った柄はぬめり気を帯びていた。引き抜かんと、手に力を込めた瞬間――

「避けてください！」

セラフィナの声を聞き、エヴァンは反射的に前へ飛び込んだ。

蜘蛛の顎が、エヴァンの首を狙って突っ込んできていた。これまでの動きからすれば、確実に当たらない軌道だった。しかし牙は予想から大きく逸れて、右肩を抉っていく。

（――死んでいたはずじゃなかったのか!?）

エヴァンの思考は、焼けるような痛みで中断される。飛び込んだ勢いで剣が引っこ抜けると、頭上から臓物と共に大量の赤黒い血が降り注ぐ。肉がこそげ取られた跡に触れて、染み入る痛みをもたらした。

背後からの追撃を警戒すべく、エヴァンは侵食領域を広げる。制御魔法により外部の状況を観測すると、間近に迫ってくる蜘蛛の脚が見えた。

（くそっ！）

エヴァンは握った剣で防がんとする。が、思った通りに右腕が動くことはなかった。先の衝撃の影響だ。

間に合わない。そう直感した瞬間、視界の端をみかん色が横切った。

「エヴァン様、ご無事ですか！」

「ありがとうセラ、助かったよ」

「エヴァン様を助けてみせると、言ったばかりですから」

セラフィナは片腕でエヴァンを抱きかかえてその場を離脱すると、すぐに時空魔法を解除した。槍を持っていることもあって、体勢を維持するのが難しかったのだろう。

敵は視認することなく、しかし正確に二人の方へ向かってくる。

エヴァンは剣を左手に持ち替える。利き手ではないが、どちらでも使えるよう訓練はしてあった。

蜘蛛は彼らを踏み潰さんと、しきりに無数の脚を動かす。

一番前の脚が上がった。そして一番奥の一つがぐっと縮む。表面に走る亀裂の隙間が、赤く輝いた。

跳んでくる気だ。エヴァンは意識を集中。蜘蛛の鋭い脚先が侵食領域内に入ってくるまで引き付け、一気に剣で打ち払った。

側面に回り込み、セラフィナと連携して敵に当たる。蜘蛛は素早く飛び退り、ぐっと脚に力を込める。

「やはり、奴は既に死んでいる」

「……ですが、確かにこちらを認識して襲ってきているはずです」

「理由は二つ。先ほど、侵食領域の中に入ってきたということ」

魔物の類《たぐい》は、生きたまま侵食領域の内部に入ってくることはない。魔物自体が侵食領域を持つため、エヴァンの領域とせめぎ合うはずなのだ。だから逆に、こちらから取り込むこともできない。

「それから、あの傷だ。どうにもあの蜘蛛の体に比してやけに大きい脚だと思っていたが、あの傷は俺がつけたものだったということ」

「――大蜘蛛の脚」

「ああ。どういうわけか、死骸が動いているようだ。あの脚も、死んだ大蜘蛛から取ってきて、くっつけられたものだろう。先の動きといい、不自然な点が多いのも、これが理由ではないか。もし、魔法で操られているのだとすれば」

「狙われている、ということになりますね」

エヴァンは頷く。

逆に、そこまで強力でもない魔物の死骸がいつまでも残っている不自然さや、魔物、あるいは死骸を動かす魔法を用いるための侵食領域が感じられないことなどもあり、結論付けるのにはまだ早い。しかし、何にせよ、すべきことは変わらない。

敵を倒す。

「セラ、いける？」

「もちろんです。たとえ私とエヴァン様の片腕が失われていようと、ここには二つの腕があるではないですか」

「そうだね。それはきっと一人より、よほど心強いものさ」

セラフィナが誇らしげに槍を構え、エヴァンが隣で剣を握る。

蜘蛛があたかも引きずられるかのように、跳躍してくる。セラフィナはいきなり大振りの一撃を放った。

穂先は空を切る。回避した敵は不自然な体勢から、無防備なセラフィナを貫かんとする。しかし、彼女は回避することも、防がんとすることもなく、引き戻した槍を大きくぶん回し始めた。

エヴァンはセラフィナへと迫る敵を、剣で払いのける。このときには、セラフィナが既に槍を打ち下ろしていた。

蜘蛛の頭部へと命中。力尽くで押し下げられたところへ、エヴァンは刃を向けた。しかし、剣身《けんしん》に纏わりついている血が固まりつつあり、切断力はすっかり落ちている。

大した影響も与えられずにいるうちに、セラフィナが一旦槍を引き戻すと、敵が距離を取る。そして、真っ直ぐに向かってくる。

動きは早い。だが、慣れてしまえばさして恐ろしいものでもなかった。単調だったからだ。

エヴァンは周囲に視線を巡らせた後、セラフィナを隠すように前に出る。そしてまだ遠い敵目がけて駆け出した。

敵が跳躍した瞬間、エヴァンは剣を大きく振り被り、投擲する。狙い通り、刃は敵の関節の一つに命中。

勢いがついてしまった今、敵から離れることは難しい。けれど、エヴァンは至って冷静に敵を見たまま、地を蹴り上げた。

足元にあったのは、先ほど放り出したままの盾。宙に浮くと、エヴァンは片手でそれを引っ掴んだ。

眼前に迫った蜘蛛が仕掛けてくる。しかし、どれもエヴァンの上半身を狙ったものだ。それゆえに、たった一つの盾で防ぐことが可能であった。

あたかも体当たりするかのように、エヴァンは盾を押し付ける。すさまじい衝撃に、木製部分は破壊されて木片をぶちまけた。

内臓まで響く振動を浴びつつも、エヴァンは歯を食いしばり、横っ飛びに退《の》いた。

そして背後にいたセラフィナが蜘蛛の前に出る。脇に抱えた槍は、もはや振るうことなどできやしない。ただ敵に突っ込むこと。それが片腕でも全身の力を乗せることができる唯一の方法だった。

力を出し切った後の蜘蛛に、穂先が食い込んでいく。やがて、腹から背中へと突き抜けた。

エヴァンは破損した盾を投げ捨て、突き刺さったままだった剣を引き抜いた。まだ、敵が動くかもしれない。

が、そんな彼の懸念は消えていった。蜘蛛の肉体が、ゆっくりと失われ始めたのだ。

エヴァンは警戒を解き、槍を引っこ抜いているセラフィナのところに近づいていく。

二人は互いの姿が血まみれになっていることに心を痛めつつも、こうして生き残っていることに笑い合った。

それからエヴァンはセラフィナと共に、冒険者たちと合流すべく動き始める。そちらはバートの奮闘により、もはや勝利が決まったようなものだった。

バートは額に汗を浮かべながらも、更に攻勢に出た。侵食領域を扇状に前方へと広げていき、無数の岩を生成、散弾のように撃ち出した。

蜘蛛は衝撃に怯みながらも、バートに向けて糸を噴き付ける。彼はさっと躱しながら切り込んだ。剣を振るうたびに、蜘蛛の脚が飛び、胴体が裂ける。

エヴァンは彼が勇ましく戦う様《さま》を見て、少しばかりの憧憬《しょうけい》を抱きつつも、自身のすべきことを再び頭に叩き込む。セラフィナを守ること。それさえできればいい。

冒険者に押されて後退してきた蜘蛛の背が見えてくる。エヴァンは剣を掲げて飛び込み、一気に敵の腹部を切り裂いた。すぐさまセラフィナが胴体をへし折って、反撃を受ける間もなく、沈黙させる。

そうしているうちに、蜘蛛に囲まれているバートが近くなってくる。彼は背後からの攻撃にも慌てることなく、見えているかのように回避する。おそらく、制御魔法によって状況を観測しているのだろう。

だが、疲労もあって動きは初めより鈍くなっていた。一度負ったかすり傷に重なるように、傷が増えていく。熟達した技術により致命傷は避けているものの、その状態が続けばいつまで持つかはわからない。

エヴァンの接近に気が付くと、バートは呆れたように笑った。

「これだから剣なんて使うもんじゃねえ。ろくなことにならねえんだから」

そう言うも、後悔は見て取れない。

エヴァンはセラフィナと共に、彼と背中合わせになるように位置して、向かいくる蜘蛛を狩る。いつもは軽薄なはずの彼が、やけに心強かった。

エヴァンはセラフィナよりも前に出て、敵の動きを封じる。そしてセラフィナがそこを一気に叩く。彼女との連携は、いつもより心地好い。何をしても、ぴったりと息が合った。それが誇らしく、やけに痛快だった。

それからどれほど斬っただろうか。暫くして、周りには蜘蛛の死骸と、散らばった魔石、それから鋼鉄よりも高い強度を持つ、蜘蛛の糸。手で触れてみると、粘着物質などはついておらず、まったくべたつきがないことがわかる。

蜘蛛の糸は粘着性のない縦糸と、粘着物質のついた横糸があると言われているが、どうやらそういうことでもないようだ。ならば、考えられることはただ一つ。魔物ゆえの特徴、魔力への反応性だろう。

エヴァンはそこに僅かばかりの魔力を込める。するとそれに応じて、僅かな物質が糸の周りに生成された。どうやら生成魔法と同様の効果を持つようだ。

やがて助かったことを知った冒険者たちは、へなへなと座り込んでいく。見れば、来たときの半数以下にまで減っていた。だが、エヴァンは気を抜くことはなく、何かに使えるかもしれない、と糸を巻き取るなり、落ちている魔石を拾い集める作業に注力した。

「……随分逞《たくま》しくなったな」

「少しは冒険者らしくなってますか？」

「良くも悪くも、な」

そう言いつつも、バート自身も落ちている魔石を拾っていく。これほど働いて、報酬がたったの十万ゴールドでは割に合わないからだ。予算の都合上、死んだ者や逃亡した者の分は貰えることにはなるだろうが、そうであってもこれほどの激務には見合わない。

バートは更にごねて増やせることを確信しているようだったが、少しでも多く金を稼いでおきたいことに変わりはない。

エヴァンはせっせと手を動かしていた。戦いの後の鹵獲《ろかく》もまた、冒険者たちにとっての戦争なのであった。

9

大蜘蛛との戦いから数日。エヴァンはセラフィナと共に冒険者ギルドに来ていた。昨日、バートが冒険者たちを代表してギルドに陳情《ちんじょう》したらしく、ギルドと領主たち支配者による話し合いの結果が、今日伝えられることになっていた。

どうなったのかはまだわかっていないものの、報酬が増えるといいなあという希望的観測を抱かずにはいられない。もし、追加で手に入れば、暫くは余暇《よか》を過ごせることになるだろう。

受付に行くと、三階の個室に通される。席に着いたところで、一枚の紙と共に話し合いの結果が伝えられた。

「まず、死亡した冒険者の取り分は、生存者で分配されることになりました。それにより、依頼達成難易度が不適切だったということに関しては、正当な報酬とさせていただくことになります」

示された用紙によれば、一人当たり二十四万ゴールドということになっている。どうやら四割程度しか生き残ることができなかったらしい。かなり低い生存確率だと言えよう。

「また、子蜘蛛討伐の依頼は、別の討伐依頼として受理されることになりました。これらの内容を承諾していただける場合、合計金額は一人当たり三十一万ゴールドになります。何かご質問などはございますか？」

セラフィナと二人合わせて、半年程度生活できる金額が手に入ることになる。当初の予定の三倍近い額となれば、危険を承知で飛び込んだ甲斐があったというものだ。不満などあろうはずもない。

「いえ、特には」

「では報酬についてですが、このままギルドに預けておくこともできますが、どういたしますか？」

盗難の被害に遭う可能性もある。多額の現金を持ち歩くのは得策ではないだろう。

「預けた場合、取り出すときに何か制約などはありますか？」

「取り出すことができるのはギルドの営業中に限定されますが、手数料の類はかかりません。また、暗証番号と冒険者証による確認を行いますので、なくさないようにお願いします。暗証番号を忘れた場合には、本人確認に暫く時間がかかることがあります。その際、似顔絵を登録しておけば、確認が素早く行われることが多くなります」

ようするに、通常の銀行とさほど変わらない業務形態なのだろう。いつでも引き出せるというので、そのまま預け入れておくことにした。

それからギルドから紹介された、公認の画家のところに赴く。冒険者ギルド会館のすぐ近くであり、比較的こぢんまりとした店であったが、中に入ると二、三人の客がいた。

番号札を取って待合室にて待っていると、やがて奥から客が出てくると共に店主が顔を覗かせ、次の客が奥へと向かっていった。少し二人で待っていると、やがて順番が回ってくる。

まずは料金の説明。サイズにより値段が変わり、ギルドへの提出用サイズならばすぐに描き終わり、三千ゴールドでやってくれるそうだ。それ以外の用途は考えていないので、とりあえずお願いする。

椅子に座って暫く待っていると、さらさらと筆が動き、十分も経たないうちに一枚が書き上がった。二人分が出来上がると、完成品を見せてくれる。

似顔絵は写真のように本物をそのまま書き写したものではないが、特徴を捉えて誇張して描くことにより一層本物に近づいて見える。ギルドに認定されているだけあって非常に技術は高く、納得できるものだった。

「やっぱり、セラは綺麗だね」

「ほ、ほんとうですか⁉」

「うん。こうして絵にしてみると、とても映《は》えるよ」

「……ありがとうございます！」

セラフィナは嬉しそうに、はにかんだ。

それからエヴァンは絵を受け取ると、ギルドに戻って提出する。セラフィナの美しい絵を預けるのは、少しばかり惜しい気がした。

「二人で一緒にいるところを描いてもらってもよかったかもね」

「はい。ですが旅の荷物が増えるのは、少し困ってしまいます」

「うーん。そうだね」

「それに、私は本物のエヴァン様の方がいいです」

セラフィナはエヴァンの手を取った。彼もまた、その手を握り返す。率直な気持ちを向けてくれる彼女は、いつも温かい。

それから薬師たちの治療が受けられる施設に赴くことにした。昨日から、怪我の具合を見てもらっているのである。

傷を負うことの多い冒険者たちがよく利用するためか、冒険者ギルドからあまり離れていないところにあった。しかし、病や怪我で来院した町の人々もいるので、専用というわけでもない。

広い施設ではないが、大怪我をした者を寝かせておくためのベッドなどはあるため、病院に近いといえばそうなのかもしれない。しかし外科的な医学が発達しておらず、非常に高い薬効を持つ植物が多いために、投薬が治療の中心になっていた。

ここでも番号札を取ってから、治療の順番を待つ。その間は暇になるので、セラフィナと施設内をふらふらと歩いてみる。

高級志向の施設ではなく、廊下を行くと、十数人がまとめて広間のベッドに寝かされているのろう。

が見える。感染症の蔓延《まんえん》防止には向かないのだろうが、そういう患者は別室に隔離されているのだ

見知った顔がないかと眺めていると、暇そうにしているバートの姿があった。

「バートさん、怪我はいいんですか？」

「ん……ああ」

「大丈夫ですか？　……ああ、そういうことですか」

エヴァンは心配して損した、と思った。バートの視線の先には、若い女性。先日、彼が助けに行った村民である。彼女の隣には、若い男性。二人は仲睦《むつ》まじくおしゃべりに興じていた。どうやらバートが誘う前から結果は見えていたようだ。

「はあ、あいつらには騙された。確かに若い女性もいたが、そうじゃねえんだよ。放っておいたミィちゃんもすっかり機嫌悪くなっちまったし、散々だ」

それは依頼には関係ないのではないだろうか、とエヴァンは思ったが、口にするのも野暮《やぼ》である。連敗記録はこれからも更新し続けるのだろうから。

だが、バートは客の中に可愛い女の子を見つけると、すぐに声をかけに行った。すさまじい行動力と見境のなさにエヴァンは呆れつつも、彼の実力を知っているため、そんな姿さえ強い精神力によりなせる業なのだという錯覚に陥る。もちろん、見習おうなどとは思わない。

それからセラフィナと二人で並んで座って待っていると、山村に行ったときのことが思い出さ

れる。

一番強く印象に残っているのは、やはりガストンの死だった。顔見知り程度でも知り合いが亡くなるのは、少しこたえた。

死に価値をつけることは非道徳的な考えかもしれない。けれど結果として、彼の死は何ももたらさなかった。あそこで欲を出さなければ、今頃は孫の顔でも見に行けていただろう。

実力に見合わない考えを起こしたのが間違いだった。大切なものを絞ることができなかったのが間違いだった。後からならば、いくらでも論理的な判断は下せる。

しかし、ガストンは間違ってなどいなかった。そして、エヴァン自身も正しい選択をしたのだと、はっきり言えることができた。すぐそばには、今もセラフィナがいるのだから。

できることならば強くなりたいと、エヴァンは願った。それだけが、その手で拾い上げるものを増やすことができる、唯一の方法なのだから。

そして、奇妙な魔物のこともある。少し調べたものの、あのような事例はいまだなく、もしかすると勘違いだったのかもしれない、と思いつつあった。けれど相手が何であれ、これからも魔物に襲われることはあるだろう。そのとき、セラフィナを守れるように。

エヴァンは自分の掌《てのひら》に、視線を落とした。

思案を続けていると、やがて順番が来て、診察室に呼ばれた。セラフィナと共に入ると、薬師《くすし》の指示の下、患部の包帯を交換し、傷口が化膿《かのう》していないことが確認される。

セラフィナの右腕は肉が生まれつつあるものの、いずれ瘢痕《はんこん》が残ってしまうだろう。機能障害などは残らないだろうとのことだったが、それでもエヴァンは、彼女の肌に傷跡を残しておきたくはなかった。人体の機能上、元通りに修復することはできないのだから仕方がないことではある。しかし、魔物由来の高い薬効を持つものには、それさえも治してしまうものがあってもおかしくはない。

「エヴァン様、よくなりませんね」

セラフィナがエヴァンの肩を見て言った。どうやら魔物の血が入ってしまったらしく、黒く変色している。

「いいや、すっかりよくなったよ。前より調子がいいくらいだ」

などとエヴァンは笑ってみせる。

強《あな》ち嘘ではなかった。魔物の影響か、筋肉はすぐに修復された。ややもすると以前より強い力が出るかもしれない。

しかし、セラフィナが心配するように、常に疼痛《とうつう》が付き纏っているのも事実だった。彼女にそのことは伝えていないが、気付かないはずもないだろう。

「ですが……」

セラフィナがまだ納得していない様子でいると、一旦この場を離れていた薬師が戻ってくるなり、微妙な雰囲気の二人に、明るい話題を投げ掛けた。

「それなら、水龍温泉《すいりゅうおんせん》に行ってみるのはどうでしょうか？」

「温泉、ですか？」

薬師からの思わぬ提案に、エヴァンはオウム返しをしてしまう。

「ええ。アーベライン領の南側には、緩衝《かんしょう》地帯として長い歴史のある小さな国、ワッカ共和国がありまして、そこには水龍の加護を得た温泉があるそうですよ。私は行ったことがないのですが、万病が治るとの評判です。観光地としても名高いので、お暇があればどうでしょうか」

もし、少しでも可能性があるのならば、諦めたくはなかった。余暇を過ごすのだとしても、ちょうどいい。

「セラ、行ってみようか？」

「はい。どこまでもお供いたします！」

そうと決まると、数日のうちに発つことになった。エヴァンはセラフィナの手を取って、建物を出る。

彼女はこれからも、一緒に来てくれるだろう。

だから、どこまでも行ける。エヴァンは、まだ見ぬ町に期待を募らせる。

今日もアーベライン領の主都は活気盛んであった。盟主の出現という情勢さえも吹き飛ばしてしまうほどの力強さが溢れている。長く過ごしたこの町を出ていくのは、少しばかり名残惜しい。けれど、それよりも期待の方が大きかった。

きっと、未来は希望で満ちていることだろう。

エヴァンはセラフィナと笑い合った。

10

アーベライン領の主都から南に延びる街道を、十数台の馬車が進んでいく。その周囲には護衛として、数十人の冒険者たち。

ハンフリー王国の南にある小国、ワッカ共和国へ向かう定期便である。ワッカ共和国と東のマハヴィル王国との間には水龍が棲むと言われる険しい山脈があり、北のハンフリー王国、南のチェペク共和国の緩衝国として機能していて、長らく戦争もなかった。

チェペク共和国はドワーフとエルフたちによって建国された国であり、産業、とりわけ工業が発達しているが、乗客たちの目的地はそこではない。彼らはこれから散財しに行くのだから。

というのも、ワッカ共和国は、観光地として非常に人気があるのだ。ウンディーネやセイレーンといった種族ごとの自治区から構成されたこの国は、地域ごとに特色がある。とりわけ温泉が有名で、中には、湧《い》き出づる泉は万病《まんびょう》を治すという伝説染《じ》みた謂《いわ》れも知られている。

エヴァンも湯治《とうじ》のため、この国に向かう依頼を受けていた。冒険者たちの中には、つい先日、大蜘蛛討伐の際に見知った顔がちらほらと見られ、バートの姿もあった。

バート曰く、男なら人生で一度は行ってみたいところらしい。遊ぶ金が手に入ったということで、この依頼が終わった後、暫くはワッカ共和国に滞在するそうだ。他の冒険者たちもおそらくは同様の考えだろう。金が貯まると、使い切るまで遊びつくし、働くための気力を養うのが彼ら流なのだから。

ハンフリー王国内ではいよいよ盟主との戦闘が開始されそうな情勢だそうだが、そんなことなどお構いなしである。むしろ、いつどのような状況に陥るかわからないからこそ、平時通りに依頼をこなし、散財して楽しむのかもしれない。

向かう先がそんな場所だ。依頼主たちもこれから遊びに行くということもあって金払いは非常によく、安全のために過剰な人数を雇っているため、楽をして儲かる依頼である。逃す手はなかった。

今回の乗客の中には、お忍びの貴族も交じっているらしい。隠れてでも行きたいほどなのだから、さぞいいところに違いない。

そうして期待を膨らませているのは、エヴァンだけではなく、セラフィナもだったようだ。軽快に走る彼女の尻尾は、元気にふりふりと揺れている。風に煽《あお》られていることだけが理由ではないだろう。

前方を警戒していた彼女は、安全を確認するなり戻ってきて、嬉しそうにエヴァンに笑い掛ける。

「エヴァン様、町が見えてきました！」

「やっと着いたね。どんなところだろう」

「温泉には行ったことがないので、楽しみです！」

「暫くワッカ国内に留まることになるだろうから、色々見て回れると思うよ」

そんなやり取りをしていると、国境が見えてくる。しかし国境というよりは、繁華街の入口といった方が近いような気がしないでもない。

一応は警備の兵が立ってはいるものの、さして警戒する必要もないのかもしれない。長年戦争がなかったということや、三国と国境を共有するためどこか一国が攻め入れば他の二国に挟撃の大義名分を与えてしまうということが理由だろう。

加えて、この地に盟主が棲んでいることも大きいはずだ。ワッカ共和国自体は大した戦力を持たないとはいえ、迂闊に攻め込めば大軍とて屈する可能性があるのだ。

もっとも、温泉ドラゴンの愛称で有名な盟主である水龍は、非常に温厚でまったく害をなさないどころか、高い効能を持つ温泉に寄与していると言われている。また、魔物が狂暴化することもなく、療養、避暑には最適だそうだ。

そうして馬車が近づいていくと、形式的な確認が行われる。馬車を近くに止めて、国境にある建物にて、各々、所定の用紙の記入事項を埋めていく。

氏名、国籍、生年月日、職業、入国目的などである。最後に身分証明書として冒険者証を提出すると、確認はあっさり終わった。

観光地としての側面が非常に強いため、軍隊などが入国する際は別として、一般客に対しては厳しくないようだ。そして代金として二千ゴールドを支払い、滞在許可証を受け取る。

魔物が存在する山の中には警備兵がいるわけではないので、そちらを経由して来れば簡単に不法入国できるのだが、国境は高い山脈を基準にしている。国内で何か問題があったときにまったく言い分を聞いてもらえないリスクなども考慮すると、こうした手続きをした方がよほど合理的である。

誰もが手続きを終えると、早速、ワッカ共和国内へと足を踏み入れる。そこはアーベライン領に接する北方と、海に面する西方に領土を有するペンケ・パンケ自治区である。

入ったばかりだというのに、すぐさま美しい女性たちに出迎えられる。

「ようこそいらっしゃいました。楽しんでいってくださいね」

頭を下げる彼女たち。纏っている衣服はそれほど複雑な構造をしたものではないが、体を覆うワンピースに似た衣服の上に、鮮やかな色合いで少し透ける布を巻きつけており、異国情緒を感じさせる。男たちはこの瞬間、日常の雑事から解放され、楽園にでも来た心地になったのかもしれない。

冒険者たちも平民の客も貴族も隔たりなく、男たちは皆等しくだらしのない表情になる。一方で女性は彼女たちの衣服をしげしげと見つめ、買っていこうかしらなどと独《ひと》り言《ご》つ。

そんな中にあって、セラフィナはエヴァンと女性たちとの間で視線を行ったり来たりさせる。エヴァンも他の男たちと同様なのだろうかと思ったのかもしれない。しかし当の本人は女性には何ら興味を示さず、町中に視線を漂わせていた。

エヴァンにとって、ここに来た第一の理由はセラフィナの傷跡を治す方法を探すことである。彼はことセラフィナに関して、どこまでも愚直であった。

（……本当にここで目的が達せられるのだろうか？）

どこをどう見ても、ただの観光地でしかない。もちろん、そうでない場所もあるのかもしれないが、今のところ何の切っ掛けも見つかりそうもなかった。

エヴァンは自然にセラフィナの手を取る。彼女は真っ直ぐにエヴァンを見ると、口角《こうかく》を僅かに上げた。

まずは冒険者ギルドを訪ねるところから始まる。この国において円滑な業務の引き継ぎを可能にすべく、ハンフリー領内のギルドにおける情報はすべて紙媒体で持ってきていた。それゆえに、ここでもすぐ活動ができるはずである。

とはいえ、魔物関係で困っているということもなく、仕事をしに来る者もほとんどいないため、身分証明として役立てるのが主な用途となる。

活気溢れる繁華街を一団は進んでいく。過ぎ行く店ではかんざしや独特な衣類、湯の花などの土産物《みやげ》ばかりではなく、食べ物も売っている。こうした祭りに似た光景は何とも華やかで、人々の顔つきも楽しげだ。

やがて冒険者ギルドに辿り着くと、そこはアーベライン領西にあった小さな町のギルドよりも小さく、あまり仕事がないことが窺える。とはいえ依頼達成の手続きには何の障害もない。

さっさと報酬を受け取ると、冒険者たちはてんでばらばらになって、町中へ向かって行った。

エヴァンが暫し、これからどうしようか悩んでいると、バートが声をかけてくる。

「なあエヴァン。お前は今日泊まる所って決めてるのか？」

「いえ、特には決めていません」

「じゃあ俺が紹介してやるよ。まず、欠かせないのは雲龍亭《うんりゅうてい》だな。飯は旨いし風呂も最高だ。客室からは近くを流れている小川が見えて、風情《ふぜい》もある。ただしお値段は一泊八千ゴールドと少々高いな。それから――」

彼はつらつらと宿の情報を述べていく。表情には、これからへの期待が窺える。

「あの、バートさんって、ここに来たことがあるんですか？」

「そりゃな。ここはいいぞ。なんて言ったって、可愛い子がたくさんいるからな」

「はあ、そうなんですか」

エヴァンは少々呆れつつも、何度も遊びに来るほどの高収入を得るだけの実力があるのだと、バートの評価を無理やり維持する。

それから、金には余裕があることだし、と一番お薦めの高い宿を取ることにした。一晩くらい贅沢をしても、罰は当たらないだろう。

冒険者ギルドを出ると、もはや先ほどまでいた冒険者たちの姿はほとんどない。楽しげな観光客の姿ばかりであった。

こういうのも、たまには悪くない。エヴァンは頬を緩めた。

セラフィナと歓談《かんだん》しながら町中を歩いていると、行き交う人がさまざまであることに気が付く。小柄で立派な髭《ひげ》の生えた女性はおそらくドワーフで、凛《りん》とした雰囲気を持つ、少し耳が長い女性はエルフか。彼女たちは南のチェペク共和国から来たのだろう。

「色々な人がいるんですね」

「まあな。ここは分け隔てなく、誰でも受け入れている国だ。いいところさ」

結局同じ宿を取ることになり、同行しているバートにそう言われてみると、確かにこの国では亜人に対する差別的な考えがまったく見られなかった。これならば、セラフィナも過ごしやすいだろう。

ハンフリーもこうなればいい。エヴァンは純粋に、そう思った。

「いいところですね」

「おう。最高だぜ」

それからバートお薦めの雲龍亭に辿り着く。三階建の木造で、少し古風な建物だ。朱色に彩られた煌びやかな外装はいかにも立派で、一歩中に入ると華やかな衣服に身を包んだ女性たちに出迎えられた。

「いらっしゃいませ」

よくよく見れば、この女性たちの中にも亜人が交じっている。客も気にしている素振りはない。

ここはそういう国なのだと、エヴァンは感嘆した。

受付に案内されると、空き室を探し始める。

「お部屋の方はどうなさいますか」

「俺と彼女の二名は一室でお願いします」

「かしこまりました。料金はお二人で一万四千ゴールドになります」

一人当たりの代金というよりは、部屋当たりの代金に人数分の料金が追加されるようで、当初の予定よりは少し安い。しかし食事付きなのでそこまで安くもならなかった。

別室にしてもさほど変わりはなく、一人旅をする者も少なくないのか、一人で部屋を取るのを断られることもない。

「セラ、それともたまには一人で過ごしたい？」

「いいえ、私はエヴァン様と一緒がいいです！」

「じゃあこれでいいね」

嬉しそうに答えるセラフィナ。そんな彼女とエヴァンを見て、隣で手続きをしていたバートが悪態を吐く。

「くそ、いちゃつきやがって！　くそっ！」

しかしそんな彼の視線は、すぐに華やかな女性たちの方に向けられる。いつもとは違って、拒絶ではなく笑顔を向けられるのが嬉しいのか、バートは満足げな笑みを浮かべる。もちろん、彼女たちにとっては、仕事としてやっていることに過ぎないだろう。

手続きが終わると、部屋に案内される。バートは先導する女性を眺めながら、これまた嬉しそうにしている。階段を上り、長い廊下を進んでいくと、いくつかの扉が見えてくる。

中に入ると、二十畳近い広々とした空間が広がっていた。十人くらい集めて宴会でもできそうな広さである。それから館内の利用についての説明を受ける。トイレと洗面所などは部屋についているが、風呂は大浴場を利用してくださいとのことだ。また、夕食は客室、あるいは宴会場にて取れるそうである。

やがて女性が退室して二人きりになると、エヴァンは荷物を置いて窓を開いた。すっと涼しい風が流れ込んでくる。とても新鮮で、どこか独特な、温泉の香りが乗っていた。

エヴァンが窓際の椅子に腰掛けると、セラフィナは隣に座る。それから何をするでもなく、穏やかな風に吹かれていた。気が置けない彼女との、心休まるひと時だった。

「そういえば、傷の方は大丈夫?」

「はい。もうすっかりよくなったので、感染症の心配もいりません！　エヴァン様はどうですか？」

「俺も大丈夫だよ。じゃあ温泉に入ってもよさそうだね」

「はい、楽しみです！」

やがて夕食の時間になると、従業員の女性がやってきて、準備が整ったことを告げる。エヴァンは早速、宴会場に向かうことにした。

階下に下りて、それから長い廊下を行く。やがて辿り着いた一室は、数十畳の広さがあり、所狭しと沢山の膳が並べられていた。数多の客で賑わいを見せている。

「おうエヴァン、お前が来るとは思ってなかったぜ」

既に来ていたバートがそう言う。エヴァンは彼のところに向かいながら、疑問を口にした。

「俺だって、夕食くらい取りますよ？」

「いや、そうでなくてだな。客室に運んでもらうこともできただろ？」

「ああ、そういうことですか。わざわざ手間を取らせるのも悪いかと思いまして」

「そうか……いや、もちろんこういう経験も悪くない。お前さんももう大人だからな」

したり顔でうんうんと頷いているバート。何のことやら、と思いながらエヴァンは隣に腰掛ける。

そうしていると次第に客たちが集まってきて、料理が運ばれてくる。

エヴァンはこうした場には慣れなかったが、さして気にもせず料理に口を付ける。この付近で採れたものと思《おぼ》しき山菜に、川魚。味付けは上品であっさりとしており、くどさはない。

薄味で量も少々物足りないように思われるが、様々な品を食べていく上ではちょうどいいのかもしれない。お吸い物を啜《すす》ると、すっと温かい物が喉の奥を通っていく。遅れて、豊かな風味が口内に広がった。

「エヴァン様、美味しいですね」

「うん。ダグラス領のものとも、アーベライン領のものとも違う味付けだ」

「そりゃあお前、ここはいろんな奴らが集まるからな。どんな人にも好まれるような、混じった味になったんだろうよ」

バートはもっともらしいことを言う。本当であるかどうかはわからないが、見回す限り、どの客も満足しているようだ。

そして飯盛《めしも》りの女性は、踊りを披露し始めた。場は次第に酒宴に移行し、盛り上がりを見せる。

ここワッカ共和国のペンケ・パンケ自治区において初めに見た女性たちの衣服にも似た、鮮やかな色合いの布を何枚も巻き付けた衣装で踊る女性たち。その衣服は少し着崩したようなところがあり、艶《あで》やかに魅せる。

「セラは踊りとかに興味がないの？」

「えっと……似合わないですよ」

セラフィナはそう言いつつも少し興味があるようで、女性たちの姿をじっと眺めていた。

宴もたけなわ、隣のバートも酔いが回ってきた頃、入れ替わり立ち代わり出入りする女性たちに声をかけて、この場を去っていく客が多くなった。

「エヴァン、興味あるのか？」

「はい？」

「お前も男だろう。二、三万ゴールドもありゃ、あの子なんかいけるんじゃないか」

バートは向こうにいる女性を示す。どこか幼いところがあり、可愛らしい顔立ちであるが、美しい女性ばかりいるこの場で、特に目立つ容姿でもない。

そういうことか、とエヴァンは納得した。宿場町ということは、おそらく飯盛りの女性がそういうことを兼任しているのだろう。あるいは、彼女たちの収入はそれに依存しているのかもしれない。

やがて、エルフの女性たちが出てくる。踊るたびに揺れる艶《つや》やかな金の髪、透き通るような瑞々《みずみず》しい肌。見目麗《みめうる》しい彼女たちに、客の目は釘付けになる。きっと、エルフの女性たちを最初に出してしまうと、それ以降に舞う者たちが見劣りしてしまうので、こうして最後の方に出されたのだろう。

「おいエヴァン。十万くらいはかかるぞ。やめておけって」

バートが何を勘違いしたのか、制止にかかる。しかし一か月分程度の生活費にも相当する額を軽々しく使える者などそうはいないだろう。

とエヴァンは思ってはいたのだが、そうでもないらしい。見境なく散財しているのか、あるいはこの宿が高級ゆえに資金力に優れる客が集まっているのか。エルフの女性たちは、次々と声をかけられている。

そうしてエルフたちが客と共に姿を消すと、先ほど声がかからなかった人間の女性がもう一度やってくる。

「今が一番安く済むときだ。乗るならここだぞ！」

バートのテンションが骨頂に達する。そして誰よりも早く、やってきた女性に声をかけ、話が上手くいったらしく上機嫌で部屋に戻っていった。エヴァンには今一つ理解しがたい行動だった。

やがて客のいなくなった宴会場は、誰にも声をかけられなかった女性たちによって、片付け始められる。

エヴァンはすっと立ち上がり、一人の女性のところに向かった。途中、セラフィナが狐耳をぺたんと倒し、目を伏せる姿が見えた。


エヴァンは女性を連れて戻ってくると、小さくなっているセラフィナに声をかける。

「セラ、部屋に戻ろうと思うんだけど、いいかな?」

「はい。ではここでお待ちしておりますので、用が済んだら来てくださいね」

「え? セラも一緒に来てほしかったんだけど……」

「わ、私も、ですか?」

困惑気味に見上げる彼女の瞳は、いつものように美しい橙の色をしていたが、今は濡れそぼち、様々な思いがないまぜになっていた。

エヴァンは心臓をぐっと掴まれたような、痛みにも似た激情が体の奥底からせり上がってくるのを感じた。

いつも見てきたはずの力強さや屹然《きつぜん》とした振る舞いはなく、いたいけな少女の感情が揺れ動く様《さま》を目の当たりにして、エヴァンは暫し答えに窮した。

知らない一面を見せつけられ、彼女を少女として意識すると共に、二人の関係を変えてしまう、何かとてつもない失策を犯したのではないかと、不安になったからだ。

しかしセラフィナは立ち上がると、いつもの迷いのない表情を浮かべた。それはさながら、彼に随伴《ずいはん》して戦場へと赴くときのものであった。

「わかりました。このセラフィナ、いついかなるときもエヴァン様にお供いたします！」

ずいと身を乗り出して宣言する彼女の機微《きび》がエヴァンにはわからなかったが、一つだけ確かなことがある。いつも一緒にいること、そして何もかもを共有していくということ。それは幼い頃から抱いてきた不文律《ふぶんりつ》であった。

「では参りましょうか」

状況を呑み込めずにいるエヴァンの背中を押すように、女性がそう促した。

それから客室に向かう渡り廊下を行く間、女性なりの気遣いなのか、話が途切れないように、しかし刺激することもない話題を選びながら、丁寧に言葉を紡《つむ》ぐ。バートがここを魅力的に感じていた理由が、エヴァンにも何となくわかった気がした。

それでもエヴァンもセラフィナも、次第に言葉数が少なくなっていって、部屋に着いたときには、すっかり顔を見合わせにくくなっていた。

中に入ると、既に一つの布団が敷かれている。

エヴァンはちらりと隣のセラフィナを見る。俯《うつむ》きがちな彼女の表情はよく見えなかったが、頬は紅潮していた。真っ白な肌は、赤い花が咲いたかのように華やかに彩られている。

エヴァンは先ほど、どれほど多くの女性を見ても心が突き動かされることなどなかったというのに、今は息が苦しくなるほど、セラフィナの姿にただ見惚《みと》れることしかできなかった。

女性が履物を脱ぎ室内へ入っていくと、エヴァンは我に返って後に続くが、やはりセラフィナが気になって振り返る。彼女は先ほどと同じ姿勢のままであった。

エヴァンは彼女の手を取る。柔らかく、温かな彼女の手を。普段よくする行為のはずなのに、セラフィナは戸惑い、エヴァンを直視することはなかった。ぎゅっと握られた力は強く、けれど不安げでもあった。

互いに顔を見合わせることはなく、しかし確かに繋がった温もりだけが、二人に共有される。それはいつもと違って緊張を孕《はら》み、どこか汗ばんでいて、不自然なまでに官能の色を含んだものだった。

「始めましょうか？」

立ち尽くしていた二人に声がかけられる。セラフィナは直立したまま衣服に手をかけ、エヴァンと彼女を見比べる。

「俺は見ているだけで結構ですよ」

「エヴァン様……？」

「セラが興味あるみたいだったから、踊りを教えてもらおうと思ったんだけど……嫌だった？」

セラフィナは大きな瞳をぱちくりと開く。そして見る見るうちに顔が赤くなっていく。

「そ、そうですね……！　精一杯頑張ります！」

やがて彼女は少しずつ落ち着いてくる。どこか期待を裏切られたようにも、そして安心したようにも見えた。

エヴァンは近くの椅子に腰掛け、踊りに興じる二人の姿を眺める。セラフィナは呑み込みが早く、すぐに覚えていくので、見ているだけで面白い。何より、そんな彼女の姿は魅力的だった。

そうして何もせずにいるのも、部屋の飾りと同化してしまうかのように思われて、手拍子でもするか、とエヴァンは早速手を打ち始めた。小気味のいい、からりと乾いた音が部屋に響く。

「エヴァン様……ずれてます」

「……すまん」

ダメ出しをされてしまって、エヴァンは再び手持無沙汰《てもちぶさた》になる。そこでふと思い出したように、気付かれない程度にうっすらと侵食領域を張り、そこに入ってくる外界からの光を観測する。

セラフィナの動きを、モーションキャプチャの原理によりトレースする。制御魔法には領域内の状態を観測する能力が備わっており、それをさながら無数のカメラのように働かすことができる。

そしてデータを数学的に処理し、記憶していく。これまでも実験的に、コンピュータにおける記憶回路であるフリップフロップの仕組みを応用し、微量の魔力にてデータを保存しておく、ということをやってきていた。

実際、セラフィナのモーションなどは、戦闘において非常に役立っている。今後、どのように改良していくかと考えていると、いつしかセラフィナがすぐ目の前に来ていた。

「エヴァン様も踊りませんか?」

「ん? じゃあそうしようか」

エヴァンは立ち上がり、女性に教えられる通りに優雅にステップを踏む。先ほどの手拍子とは打って変わって、タイミングは完璧。なぜならセラフィナの動きをそのままトレースしているだけなのだから。

女性はあまり魔法に詳しくないのか、あるいは制御魔法があまり知られていないためこうした技術の存在を想像できなかったのか、素直に称賛する。一方のセラフィナはそんなエヴァンの様子を見て、どこか困ったような表情を浮かべていた。

戦闘時に使用するため、セラフィナの動きを観測しておくことはあらかじめ了承を取っていたが、踊る姿も、というのは予想外だったのかもしれない。

「では最後の段階に移りましょうか」

女性がそんなひと言を発する。

(……え? あれで終わりじゃなかったのか?)

エヴァンの背に冷や汗が流れ出す。これより先のモデルは存在していないのだから、自力で踊るほかないのだ。

セラフィナはそんな彼の姿を微笑ましく眺めた。

それからエヴァンは無様な姿を晒し、やがてセラフィナのモーションを得て完璧に踊れるようになった。初めから女性の動きを取っておけば恥を晒すこともなかっただろうが、許可も取らずにそうすることは非礼に当たるだろうとの判断だった。きっと、間違ってはいなかっただろう。

すっかり疲れてしまい、エヴァンは椅子にどっかりと腰掛けた。

そうしていると、女性は二人に、この踊りがそもそも男性の気を引くための物であり、それ以外で人に見せるものではないと伝えた。割と無理を言って教えてもらったということもあり、エヴァンはしっかり頷く。

しかしそう考えると、セラフィナに教えない方がよかったのかもしれない、という気にもなってくる。彼女に対して、そういうことを行ってほしいという意図は何一つないのだから。

「エヴァン様、お疲れですね」

そのセラフィナはいつもの笑顔である。変わらずに戻ってきた彼女との日常。それがなんだか嬉しく、エヴァンはつい浮かれてしまう。

「俺はセラみたいに器用じゃないからね」

「そうですか？　でも私は、エヴァン様が自身で踊られている姿が一番好きでしたよ」

そう言われると、先ほどのへっぴり腰で踊る姿を見られたのも、悪くない気がしてくる。彼女と一緒に笑い合えることが、何よりも大切なのだから。

エヴァンにふと、込み上げてくる思いがあった。端を発するところは傲慢《ごうまん》さであり、独占欲であり、そして確かな好意であるもの。

「セラ。君が踊るときはいつも俺の前で、俺のためだけであってほしい」

セラフィナは暫しエヴァンを眺める。そしてその意図を理解するなり、温顔《おんがん》は喜悦《きえつ》に染められていった。

「はい！　この命尽きるまで、必ずやお約束いたします！」

エヴァンは飛び込んでくるセラフィナを抱きしめる。彼女の肩越しに、空気を読んで退室していく女性と目が合った。そこには、応援とも羨望《せんぼう》ともつかない思いが込められているように思われた。

エヴァンはセラフィナの温もりを享受《きょうじゅ》する。

そんな彼女は僅かばかり彼よりも小さく、幼い頃からずっと続いてきた目線のズレが今も変わらない。少しだけ違うものが見えて、しかし思いはきっと、変わらない。ずっと同じだけ成長し続けてきたことの証でもある。

だというのに、今日は彼女がいつもより大きく見えた。その腕には余る彼女を、それでもしかと抱き続けた。

11

雲龍亭における一日が過ぎた翌朝、エヴァンは出発の支度を済ませていた。ここの温泉は悪くなく、名湯に属するものだったのかもしれないが、彼の望むだけの創傷《そうしょう》治療の効果はなかったのだ。

隣で荷物を背負ったセラフィナを見る。肌の艶《つや》はよくなったような気がするが、美容目的で来たわけではない。もちろん、喜ばしいことではあるのだけれど。

「では、行きましょうか」

「そうしようか」

エヴァンはセラフィナと共に、宿を出るべく歩き始めた。一応バートにはこの町を出ていくことを告げようと思っていたのだが、途中で寄った彼の部屋には誰もいないようだったので、既に町に出かけたのかもしれない。

一期一会が冒険者の常《つね》、縁があるならばいずれ巡り合うのだから、わざわざ声をかけることもないだろう、と出かけることにした。

渡り廊下を過ぎると、宿の玄関が見えてくる。宴会場では、朝っぱらから客が浴びるように酒を飲み、年頃の飯《めし》盛《も》り女《おんな》を腕の中に収めていた。

エヴァンはその中にバートの姿がないことに、少しだけ安心していた。いくらなんでもそのような姿を見れば、たとえ本人の稼いだ金でする誰にも迷惑をかけない行為であれ、失望の念は隠せないだろうから。

そうしていよいよ、入口で控える女性たちに会釈《えしゃく》をして宿を出る段になって、ようやくバートの姿を見つけた。彼は、昨晩連れていった女性と雑談に興じているようだ。

「なあ。リンちゃん、よかったらさ、町を案内してくれないか？」

「もー、バートさんったら。この町には何回も来ているんでしょう？」

「君と一緒に過ごす町は初めてさ」

「そんなこと言って。他の女性と過ごした町は、どれほどあったのでしょうね？」

ころころと笑う女性に手玉に取られつつも、バートは中々に楽しげであった。そもそも、こうして女性と一緒に過ごすこと自体が、そうそうないのかもしれない。

二人きりの時間を邪魔するのは悪いかな、とエヴァンは思うも、バートの視線はすぐに向けられた。

「お、エヴァンもセラちゃんと一緒にお出かけか？」

「ええ、万病に効くという泉があるそうなので、探してみようと思ってます」

「はあー、ロマンチックだな。でも噂に尾ひれがついたようなものだぜ」

バートは感嘆しながら語る。何でも、例の泉が有名なのは、ある悲恋《ひれん》の物語が若い女性たちの人気を得たからだそうだ。要するに、創作ということになる。しかし、事実無根というわけでもないらしい。

「ニンフの宿る泉には高い薬効を持つものもあるが、その源泉はどれも同じ、温泉ドラゴンの棲まう峰だと言われてるんだと」

「では、そこに行けば」

「ドラゴンは泉に棲まう精霊、ニンフが認めた者にしか会わないそうだ。そしてニンフの泉は、彼らが気まぐれを起こして、人間たちに予言を授けるときくらいしか、人前に姿を現すことはない。つまりは、人の意志でどうこうなるものじゃないってこった」

エヴァンは話を聞きながら、よくこれほど詳しく知っているものだと感心する。女性の気を引くための話題を集めることに余念がないからかもしれない。

そうしていると、たったの一晩でねんごろになったのか、バートの隣にいるリンちゃんとやらが茶々を入れる。

「バートさん、私よりずっと詳しいじゃないの。案内の必要なんてないんじゃなくって？」

「俺が知りたいのは、君のことさ」

「じゃあ、また今晩も、ね？」

「もちろん。楽しみにしてるよ」

しな垂《だ》れ掛かる女性を抱きかかえながら、甘い雰囲気を醸《かも》し出す。こういったところを見ている限り、そこまで女性受けが悪いようには思えないのだが、上手くいかないのには何か理由があるのか。

セラフィナが赤い顔をしているので、エヴァンは話を切り上げることにした。これ以上邪魔をするのも悪い。

「まずはその泉から、探してみるとしますね」

「おう。この国には大した魔物もいないから、気楽に探せると思うぜ。迷い込んだ旅人を食っちまうって魔物の話もあるが……ま、頑張れよ」

女性の腰に手を回して抱え寄せたバートを背に、エヴァンはセラフィナと宿を出た。

外は快晴で、降り注ぐ春の日差しが心地好い。こんな日は何があるわけでもないのに、陽気な気分になってくる。

「バートさん、嬉しそうでしたね」

「そうだね。念願が叶ってよかったんじゃないかな」

「エヴァン様はその……」

「うん？」

セラフィナはおずおずと、上目遣いでエヴァンを見てくる。その瞳には、期待が込められているようだった。

「私と一緒にいるのは、どうですか？」

それに対するエヴァンの答えなど、とうの昔から決まっていた。しかしはっきりと口にするのは、中々に気恥ずかしくもあった。

セラフィナの背後では、頻《しき》りに尻尾がふりふりと揺れて、返答を心待ちにしている。だからエヴァンは何度かつっかえながらも、率直な気持ちを述べる。

「とても嬉しく思っているよ。セラじゃなかったら、ここまで一緒にやってこれなかっただろうし、感謝してる。これからも、よろしく頼むよ」

「はい！　ずっとずっと、お傍におります！」

満面の笑みを浮かべるセラフィナと、町外れに歩いていく。途中、幾人もの美しい女性たちとすれ違うも、やはり心を揺り動かされることは、一度たりともなかった。

セラフィナに勝る女性などこの世にはいない、なんと恵まれていることだろうか、とエヴァンは柄にもなく思う。

やがて町の南西にある門に辿り着くと、そこから西の町へと街道が延びているのが見えてくる。門番の案内によれば、その先には海が広がっているらしく、水の精霊とも言われるウンディーネや、人魚であるセイレーンたちの自治区に突入するそうだ。周辺には、ニンフたちの棲まう泉や川もあるという。

分類上は亜人とされている彼らは、少し人間と風習が異なることもあるため、一応は軋轢《あつれき》を生みかねないことは避けるように言われた。とはいえ比較的温厚な種族であるらしく、そこまでおっかなびっくりする必要もないらしい。

　そうした話を聞き終えると、エヴァンは早速街道を行く。豊かな森林と、少し湿気《しっけ》た空気。歩いて行けば行くほどに強くなってくる潮風。

「エヴァン様、海が見られるのは楽しみですね！」

　ダグラス領は海に接しておらず、他の領土ともさほど交流が多くはないので、住人のほとんどは海を見たことがなかった。セラフィナは西の大陸からダグラス領に連れてこられたのだが、海を見たことはないそうだ。エヴァンも前世はともかく、この世界の海を見たことは一度もなかった。

「楽しみだね。これから先、何があるのかな」

「何があっても、きっとエヴァン様となら、私は楽しいと思います」

「ああ。俺も、君と一緒なら」

　そうして町を出て数時間も過ぎた頃、エヴァンは疼《うず》くような感覚を覚えて、立ち止まった。

（……何かがあるのか？）

　自分自身が抱いた疑問への得体の知れなさに、息を呑む。

　セラフィナが、何かに勘付いたらしく、槍を構えて前に出る。刹那《せつな》、茂みが動いた。

　飛び出してきたのは、全身を真っ黒な毛で覆われた四足獣。鋭い牙が朝日に輝いた次の瞬間、エヴァンの眼前に迫っていた。

　が、剣に手がかけられるよりも早く、槍が弧を描いた。

獣の胴体が切り裂かれ、黒い血が噴き出す。

叫び声を上げ、敵は再び林の中へと消えていく。エヴァンはそれを追わずに、目だけを向けた。

「魔物は出ないと聞いていたんだが」

「では、あれがニンフに見えましたか？」

「まさか。まったく似ているところなどないではないか。どこをどう見たって魔物だろう」

エヴァンはいつしか、街道を外れた森の方へ歩を進めていた。自分でも気付かぬうちに、あたかも本能に突き動かされるかのように、草木を掻き分けていく。

エヴァンらしかぬ行動に、セラフィナは不安げに尋ねた。

「エヴァン様？　この先に何か……？」

「わからない。けど、俺はこの先に行かねばならない気がするんだ」

ひどく曖昧で何の根拠もない言葉。ややもすれば、気でも触れたかと思われるだろう。にもかかわらず、セラフィナは一切懐疑の念を抱くこともなく、共に彼が抱く感情の正体を探し当てようとしてくれる。

「ならば行きましょう。どこまでも、お供いたします」

蛇などの野生動物に注意しつつ、人里離れた森の奥へと進んでいく。

次第に聞こえ始める、木々や風の囁《ささや》きにも似た笑い声。

空気が変わった。

大樹の上に、幼くも美しい少女の姿があった。どこか浮世離れしており、体を覆う布は草花で彩られている。自然と一体化しているような有様は、川や海、谷や木々を守護すると言われる精霊であるニンフそのもの。

聖域と呼ぶにふさわしいような穏やかな空気の中、少女はにっこりと微笑んだ。

「こんにちは」

不意に投げ掛けられた言葉に、エヴァンは面食らい、代わりにセラフィナが答えた。

「こんにちは。このあたりに住んでいるのですか？」

「そうだよ。私はこの木とずっと一緒なの」

ニンフの少女は、自身の宿る一本の木を示した。樹齢百年を超えるだろうそれは太く、立派なものだった。

「あなたたちは、何をしに来たの？」

悪戯《いたずら》っぽく投げ掛けられた問いに対する答えは決まっていた。しかし、エヴァンはなぜか、それが本当の目的ではないように感じられて、自身に対する苛立《いらだ》ちを覚えた。

「彼女の傷跡を治したい。万病を治す泉があると聞いて、やってきたんだ」

「そうなの。じゃあ、向こうに行くといいよ。泉の子たちにお願いすれば、聞いてくれるかもね。でも、皆気が立ってるから、殺されるかもしれない」

少女はけらけらと笑いながら、枝の上を飛び移っていく。

この先には危険がある。まだ引き返すことだってできるだろう。けれど、エヴァンはどういうわけか、進まずにはいられなかった。

心臓はばくばくと音を立て、いつしか額にはうっすらと汗の玉が浮かんでいた。頭では引き返すべきだと思いつつも、感情的な部分が、その考えを拒絶していた。

エヴァンはかぶりを振って、目の前のことに集中する。そうしなければならない理由があった。

「セラ、気付いてる?」

「はい。魔法、ですよね」

周囲には時空魔法が張り巡らされていた。あまりにも自然に生み出されており、魔法への理解が深くない者ならば、気付くことはできなかっただろう。

セラフィナは時空魔法に優れているため直観的に感じ取り、エヴァンは制御魔法により周囲を観測していたから反応することができた。

一見何の変哲もない空間だが、一歩動いたとき、確かな違和感となって変化が現れる。空間が歪んでいるのだ。

時空魔法の影響下において、空間は歪められ、光も歪められた軌道を進むことになる。それゆえに、本来の位置とは異なる場所にあるように、見えてしまうことになる。

だがしかし、他人の侵食領域に呑み込まれることはない、という原則から、エヴァンたちが存在している場所には時空魔法の効果が反映されていない。

すなわち、エヴァンが一歩踏み出すごとに、彼の周りの空間は本来の位置を取り戻すことになる。それゆえに、移動したことによって変わる視点と、見える光景の変化の辻褄《つじつま》が合わなくなる。制御魔法により観測されたデータからは、明らかな矛盾が見て取れた。

制御魔法によりエヴァン自身にもその時空魔法の効果を反映させてしまえば、彼自身も歪むために差が少なくなり、ある程度の不都合は解消できるのかもしれない。けれど右も左もわからぬこの状況で行うには、それはあまりに無謀と言えるだろう。

もしこの魔法の発動者が、エヴァンに対して時間を遅くする効果を用いれば、一瞬にして距離を詰められ、最悪の場合は気付かぬうちに首を取られることだってあり得る。

相手にその意図があるのかどうかはまだわからず、単に人払いのための魔法なのかもしれないが、迂闊なことはできない。

ここまで広い侵食領域の中に入ったのは、初めてのことだった。幸い、時空魔法が用いられている領域の侵食速度は速くはなく、エヴァンの領域が極端に狭められることはない。だが、見えない要素が多いことには変わりがない。

何より、この領域を作っている存在が近くにいるかもしれない。ワッカ共和国内には水龍の盟主が存在しているため、その侵食領域と考えるのが妥当なところだ。

だが、新しい盟主が出現し、まだこの地域では確認されていないだけの可能性もある。何にせよ、盟主が近くに感じられたとき、慌てることなくいつでも逃亡できるだけの算段をしておいて損はない。

「エヴァン様、大丈夫ですか？　無理をなさらなくても――」

「……いや、もう引き返すことはできないよ。ほら、元来た道はとっくにわからなくなっている」

振り返れば、そちらも歪んでいる。目を瞑《つむ》って真っ直ぐに歩き続ければ帰ることができるが、途中には木々があるのだから、そんな単純でもないだろう。

「それに――これは俺の我儘《わがまま》だけど、この先にあるものが何なのか、なぜ俺がこのような感情を抱いたのか、知りたいんだ」

「わかりました。ならばエヴァン様の身の安全は、私が保障しましょう」

セラフィナは片手に槍を軽々と持ち、洗練された動きで構えた。いつ見ても美しい所作だ。最近では、心が奪われるほどの芸術性さえ帯びてきたように思われる。

エヴァンは、彼女に情けない姿など見せてはいられないのだと、自らの佩《は》いていた剣の柄を握った。それは、戦うという意志の表れ。逃げることをやめ、真っ向から立ち向かっていく力強さ。

だがいくら進めども、そんな彼の内心をあざ笑うかのように森はどこまでも鬱蒼《うっそう》として人気《ひとけ》がなく、一方で風の音や羽音に交じって聞こえてくる笑い声が、二人の不安を煽る。

エヴァンはやけに時間が長く感じられて、次第に焦燥《しょうそう》さえ浮かんでくる。一つ、汗の粒が額から流れ落ちた。本当はたったそれだけの時間だったのかもしれない。

次の瞬間、視界の端で何かが光った。

「セラ！」

エヴァンは咄嗟にセラフィナを押し倒した。鋭利な物が肌を掠《かす》っていく。間違いなく回避できる軌道だったはずだ。しかし、皮膚の避ける感覚は、想定外のところからやってきた。

すぐさま立ち上がると、エヴァンはそこから離れるように動き出す。が、行く手を遮るように飛来するものがあった。矢だ。

逃れるように距離を取ろうとするも、空間の歪みによって、思った通りの場所に移動することができない。

何とか回避するも、あちこちから矢が飛んでくる。このままでは、いずれ――

「エヴァン様！　このような小細工、恐れるに足りません！」

セラフィナは侵食領域を限界まで広げると、その中に入ってきた矢を振り払った。木製の矢が弾かれて、乾いた音を立てる。

セラフィナの侵食領域内においては、時空魔法の効果が反映されていない。すなわち、そこでは敵の攻撃も見た目通りの動きになる。

セラフィナは仁王立ちし、どっしりと構える。槍を一度くるりと回し、エヴァンの方に一瞥をくれると、後はもう微動だにしない。

そこには確たる決意があった。譲れぬ約束があった。

頼もしい相方が、心配などいらないと言ってくれるのだ。弱気になってなどいられない。彼女の思いに応えるために、この状況に活路を見出さなければならない。

エヴァンはふと、口の端に笑みを浮かべていた。

決して笑えるような状況ではない。しかし、セラフィナとの関係に、愉快さを覚えずにはいられなかった。

「あと少しだけ、時間を稼いでもらえるか？」

「もちろんです。エヴァン様のためならば、軽くこなしてみせましょう」

セラフィナの答えを聞くと、エヴァンは円を描くように、動き始めた。彼女は何も疑うことなく、後に続く。

幾度となく矢が飛んでくるが、セラフィナは危なげなく叩き落としていった。槍が翻るたびに、心地好い音を立てる。

だから、エヴァンは剣を握る手を意識することはなかった。ただ、己のすべきことに注力する。

やがて、彼の目の前には、動き始める前と同じ光景が見えてきた。

そして、どこからともなく矢が放たれた直後、エヴァンは勢いよく飛び込んだ。矢が向かってくる方向とは、てんで別の方向へ。

が、いつしか鏃《やじり》がすぐ間近にあった。迫ってくる鋭利な先端。エヴァンは回避しようとすることなく、ただ剣を抜いた。

矢が突き刺さることはなかった。あたかも生き物であるかのように、矢が避けていったのだ。直後、エヴァンは振りかぶった剣を振り下ろす。

ぴたり、と剣が静止した先には、ニンフの少女の姿があった。

矢が向かってくる方向に射手がいるはずだという思い込みと、場所によって空間の歪みが異なる複雑さを生かした攻撃方法だった。

しかし、種が割れてしまえば、どうということはない。制御魔法によりズレを観測し、そこから歪みを割り出せばよいのだ。後は通常の空間と何ら変わりはしない。

「お前たちの住処に無断で足を踏み入れたことは謝罪しよう。敵愾心《てきがいしん》はなかったのだ、すまなかった。だが、なおも弓を向けてくるというのなら――彼女を射ようというのなら、俺は容赦などしない」

エヴァンに迷いはなかった。彼女を害するというのなら、神にだって刃向う覚悟があった。

ニンフの少女は怯えたまま、口を動かし続けるが、はっきりとした言葉になることはなかった。

やがて、足音と共に他のニンフたちが姿を現す。

セラフィナよりも少し幼いくらいの少女が前に出る。どうやら一番年長らしい。

「これで全員だ。もう矢を放ちはしない。その子を解放してくれないか」

エヴァンはニンフたちに素早く視線を走らせ、武器の存在や伏兵の可能性がないことを確認すると、刃を突きつけられて泣きそうな少女に一瞥をくれてから、剣を収めた。

解放されるなり、少女は駆けていって、年長の少女に抱きついた。彼女はぐずる少女を腕の中へと収めながら、不躾な視線を向けてくる。

「ここに来る前、あなたたちの気が立っている、とお聞きしました。理由をお聞かせ願えますか？」

セラフィナがエヴァンに代わって、物怖じせずに尋ねる。ニンフたちに恐れられつつある彼より、穏便に話を進められると判断したのだろう。

少女はエヴァンからセラフィナへと視線を移して、ゆっくりと口を開いた。

「魔物だ。奴らが清浄なる泉を侵し始めたのだ。水龍様が健在であられたときなら、このようなことは、いまだかつてなかった」

ここ、ワッカ共和国は水龍のお膝元ということもあって、魔物はほとんど出ないと聞いていた。しかし、水龍に何かがあったらしく、先ほど遭遇したように、魔物が跳梁跋扈《ちょうりょうばっこ》するようになったのだろう。

少女の言葉は、エヴァンに襲い掛かったことへの返答にはなっていない。魔物と人間はまったく別の存在なのだから。

しかし、彼女はすげなく告げる。

「そこの男は、魔物であろう。人の皮を被っていようと、臭いまでは隠せぬ」

視線はしかとエヴァンを貫いていた。

「ちょっと待ってくれ。俺は魔物なんかじゃない。捨て子でもないし、出生だって確かだ」

エヴァンはそう言ったが、自分の言葉を疑わずにはいられなかった。前世の記憶がある自分の出生は、本当にすべて確信を持てるものなのかと。

「我々にとってはどちらでもよいことだ。去ってくれ」

「俺にも目的があるのだ。そういうわけにもいかない。彼女の傷を治すための手掛かりを見つけるまで、易々と引き下がれはしない」

「先ほど言ったように、魔物に住処を奪われた我々にできることなどない」

意見が平行線を辿る。

と、そこでセラフィナがエヴァンに尋ねた。

「では、私たちで魔物を追い払うのはどうでしょうか？」

魔物たちがいるせいで力がないというのなら、その原因を叩いてしまえばよい。セラフィナの単純明快な答えに、ニンフの少女たちの表情が俄《にわ》かに明るくなった。

「命の保証も、願いを叶える約束もしかねるぞ」

「構わんさ。俺は彼女がやるというのなら、何だって成し遂げてみせよう」

エヴァンは半ば強引に、そう締めくくった。

セラフィナが提案したから、というのが賛成した主な理由だ。けれど少女たちが寄り合う姿を見ていると、自分が得られなかった温かな家族というものを、感じずにはいられなかったからでもあった。

招かれざる客を連れ、ニンフたちはどんどん森の深くまで進んでいく。

「お前たち人間は泳げないだろう。何ができるというのか」

「何もできやしないかもな。けれど、できないことを仕方がないと嘆くのではなく、工夫と創意で切り抜けてきたからこそ、無力な人間は滅びなかったのだろう」

面白くなさそうに、少女は眉を顰《ひそ》めた。

泉を奪われたということから想像はついていたが、敵は水棲《すいせい》の魔物らしい。魔物の臭いがついた不浄の水では、ニンフたちは活動ができないとのことだった。また、陸上でも本来の力を取り戻せないのだとか。

難儀《なんぎ》なものだ、とエヴァンは思う。しかし、人の世も人の世で、また別のしがらみがあるのかもしれない。彼自身、いまだ貴族の四男という立場に、そして冒険者という性質に縛られているのだから。けれど、悪くないものもある。たとえどんな制約や束縛があろうと、セラフィナとの関係はきっと、素晴らしいものに違いないのだから。

気が付いたときには、いつしか森を抜けていた。どこか薄暗かった周囲は、打って変わって日の光を浴び、陽気な温かさを帯びている。

そして目の前には澄みきった泉があった。土の香りとしっとりした空気の感じられた森の中とは違い、すっきりと清涼感のあるそよ風が、汗で張り付いた衣服の熱を奪っていく。

思わず、目的の達成も忘れ、輝かんばかりの光景に見入る。透明度の高いエメラルドグリーンの泉は、青々とした葉に縁取られており、ときおりアクセントとばかりに岩肌が見えている。一部は苔生《こけむ》しているが、汚さとは無縁で、どこか厳かにも感じられた。

水面には波一つなく、穏やかな水底までくっきりと映し出している。

「綺麗、ですね」

セラフィナの声で、エヴァンはふと我に返った。警戒を怠っていたわけではないが、この光景に心を奪われていたのは間違いない。

しかし、水底のある一点に、異質さの塊が存在していた。それは夜の闇より暗く、欲望よりも濁っていた。

全身に真っ黒な、魚類にも似た鱗を持っているが、足は四本生えている。水中を泳ぐばかりでなく、水底を蹴って移動したりもできるようだ。

水が濁っていないことから、何らかの物質が滲《し》み出ていることはないだろう。しかし、その塊の付近はなぜか淀んで見える。

鋭い牙や角といった、相手を襲うための特徴は見当たらない。ニンフたちをいかにして追い出したのか、見た目から推測できなかった。

と、そこでエヴァンは付近にニンフたちの姿がなくなっていることに気が付いた。セラフィナだけが、隣にあった。

「奴を仕留めればいいってことか」

「はい。どうしましょうか？」

セラフィナが首を傾げる。水中において敵を仕留めるような術は、互いに持ち合わせていない。どうにかして陸に上げたいところだ。

が、ゆっくりと考えている時間はなかった。黒い塊が動いた刹那、水飛沫が上がった。同時に、飛来する剣状の物体。

エヴァンとセラフィナは咄嗟に回避する。二人の間に一直線の軌跡が描かれる。

泉に棲み着いている魔物は水面近くまで浮上するなり、どうやら生成魔法を用いて攻撃してきたらしい。

セラフィナはすぐさま、近くにあった小石を拾い、投擲する。勢いは十分。しかし、水面にぶち当たった瞬間、一気に速度が落ちる。魔物は慌てることなく、すいすいと遠ざかっていった。

(水上に近づいた一瞬で当てられるか?)

セラフィナの膂力をもってすれば、不可能ではないだろう。しかし、魔物は水中から頭を覗かせることなく、侵食領域だけを空気中まで広げて、射出してくるはず。それゆえに、命中したところで大したダメージになりそうもなかった。

敵は再び近づいてくるなり、攻撃を仕掛けてくる。今度ははっきりと、魔法を使う姿が見て取れた。細長い領域において、石槍が生成され、加速される。

エヴァンは咄嗟に木々の陰に隠れる。槍が木々に突き刺さって、掠れた音を立てた。

こうしていれば、敵の攻撃から逃れ続けることはできるだろう。追ってこないのだから、逃げることだってできる。

しかし、攻めに転じなければ、問題は解決しない。

エヴァンは一瞬だけ思案した後、背嚢《はいのう》に手を突っ込んだ。取り出したのは、先日持ち帰ってきた蜘蛛の糸だ。魔物のものであり、魔力に反応して粘着性の物質を生み出すことができる。

「さて、奴も所詮は魚だ。釣り上げるとしようじゃないか」

必要な分だけをさっと取り出すと、エヴァンはセラフィナに半分ほど投げ渡した。先端に小石を粘着させると、いよいよ魔物と対峙する。

再び姿を現した襲撃者たちを追い払わんと、魔物は石槍を放ち始めた。

エヴァンは何とか回避しつつ、端に小石がくっついた蜘蛛の糸をくるくると回し、投擲する。水飛沫が上がったときには、既に魔物は離れたところにいた。セラフィナも追撃するが、やはり水に衝撃を殺されて、敵のところまで届きはしない。

しかし、エヴァンは慌てることなく、変わらない攻撃を続ける。敵はそれが届かぬと見て勢いづき、放たれる魔法の激しさが増す。

エヴァンはいよいよ躱し続けるのも難しくなって、鋭利な先端が肌を掠め始める。

そこでエヴァンは行動に出た。セラフィナと視線を合わせると、とりわけ長い糸を手に取る。魔物は彼が攻めてくると見るや否や、すぐさま距離を取らんとした。

セラフィナが、力任せに腕を振るった。そして掌が開くと、無数の石が散弾のように放たれる。

魔物は避けるように動き出す。いや、彼女によって動かされたのだ。

エヴァンは糸を大きく回し、それから森の方に向けて糸を放った。直後、糸が木に引っかかって、あたかも巻きつくように向きを変えながら、側面から敵へと向かっていく。

魔物は思わぬ方向からの攻撃に、動くことができなかった。代わりに侵食領域を展開して、迫るものの勢いをうんと落とした。

それゆえに、決定打にはなりえない。しかし、エヴァンは地面に残っていた一本の蜘蛛の糸をもう片方の手に取り、走り出す。

「セラ、そっちは？」

「もちろん、いけます！」

セラフィナもまた、走り出す。泉から離れる方へと、勢いよく。

と、そこでエヴァンの腕に、確かな重みが加わった。これまで仕込んできた蜘蛛の糸が水中で複雑に絡み合い、網のようになって、魔物を捕らえたのだ。粘着性の物質によって、容易に抜け出すことはできないだろう。そして先ほど二人が放ったものが網の端々にくっついて、引き寄せ始めた。

すくい上げるように網を動かすと、いよいよ、魔物が水中から姿を現した。必死にもがくも、糸がただ伸び縮みするばかりだ。魔物は抜け出すのは不可能と見たのか、攻撃に転じる。

しかし、もう遅い。

セラフィナは糸を手放し、高く跳躍する。数度、槍が回転すると、放たれた石槍はことごとく弾かれていった。

そして無防備な魔物の前には、彼女と交錯するように跳んだエヴァンの姿がある。

大上段に掲げられた剣が、一気に振り下ろされる。刃は真っ黒な魔物を切り裂き、さらに深い色の血をぶちまけた。

エヴァンは真っ向から飛沫を浴びながらも、戸惑うこともなく着地。背後を振り返る。先日、油断して失敗したばかりだった。魔物には何があるかわからない。剣を構え、暫し敵の様子を窺う。

「どうやら、無事倒せたようですね」

セラフィナが魔物の死骸を槍で突っつきながら言った。魔物の姿が消えつつあったのだ。

エヴァンは彼女のところに行こうとして、靴底にべたつく感覚を覚える。蜘蛛の糸が、中々離れなかった。

それからセラフィナと目的の達成を確認していると、いつしか泉には、賑やかさが戻ってきていた。ニンフたちが戻ってきたのだ。

エヴァンは泉の縁まで進んでいく。そこには澄んだ泉と半ば一体化したような、少女たちの姿があった。

水上に立つ一人の少女に、彼は向き直った。

「これでよいのだろう。さあ、彼女の傷を治してくれ」

「此度《こたび》の件、礼を言おう。だが、それは不可能だ。この泉にはもはや、そのような力はない」

エヴァンは眉を顰める。騙された、と言いたいわけではない。初めから彼女たちは、願いを叶えてくれるなどと言ってはいないのだから。それでも、期待を裏切られて、平静でいられはしなかった。

エヴァンとセラフィナ、二人のところへニンフが近づいてくる。

「無論、礼はしよう。泉が持つ効能は、すべて水龍様のお力だ。御許《みもと》へ参られれば、きっと助けとなってくださるだろう。待ち侘びているはずだ、魔物の臭いのする人間よ」

繰り返される、魔物という言葉。そして以前から、水龍の元へ赴くことが予定されていたと示唆する台詞。それらを耳にして、エヴァンは僅かながらも動揺せずにはいられなかった。

しかし、ふとバートの言葉を思い出した。このあたりの水はすべて、温泉ドラゴンの棲まう峰が源泉であると。

ニンフが言うように、水龍の元へ行くことができたならば、セラフィナの傷を治して貰うこともできるのではないだろうか。盟主である水龍に近づくのは少々不安が残るが、人に害を加えたという話はまったく聞かない。

エヴァンが逡巡しているうちに、ニンフは続けた。

「我々から、予言を授けよう。汝《なんじ》に幸あらんことを」

彼女は予言の力を与えるという。

それはエヴァンが受け入れるよりも早く起こった。衝撃が、つま先から脳天までせり上がっていった。

視界が揺らぐ。自身が揺さぶられているのか、あるいは平衡《へいこう》感覚がおかしくなっているのか、はたまた世界そのものが歪んでいるのか、それさえもわからなくなる。混乱する頭に、言い知れぬ不快感が急に飛び込んできた。

水が静かに体の中に染み込んでくるかのようでもあり、激しく暴れる獣が襲い掛かってくるようでもあった。本能的に拒絶するも、やがて違和感は激しい痛みとなり、エヴァンは抗《あらが》うことさえできずにただ受け入れることしかできなかった。

エヴァンは歪んだ世界を眺める。そこにはおぼろげな少女の姿があった。

「待ち人を得たあなたは、いずれ運命の再会を果たすだろう」

彼女の口から滔々《とうとう》と紡がれる言葉は、やけに澄んでいて、何ら意味を持たない歌のようにも聞こえる。けれど、曖昧な単語で告げられたはずの予言は、なぜか妙な現実感を伴っていた。

「やがてあなたは変貌を遂げるだろう。変わりゆく流れはせき止められることを知らず、どこまでも低きを求めて地を這い続けていく」

言葉は頭の中をただ流れていく。ちっぽけな少女一人が為せる程度のものではなく、もっと大きな、いわば世界そのものの意志に感じられるほど、有無を言わさず納得させられるだけの力があった。

エヴァンはもはや、考えるのをやめていた。感情や論理的思考を捨てて、ただ生物として本能的に受け入れる。

すると、あれほど激しかったはずの痛みはすっと消えて、なぜか心地好ささえ感じられる。

そして、脳裏にとある光景が浮かび上がった。

そこは無機質さそのものであるかと錯覚するほどに、何もない部屋であった。直方体の箱のような一室には、金属で出来た掌に収まる大きさの立方体が積み上げられている。

傍には佇む美しい女性。美しい青緑色の髪が靡《なび》く様《さま》は、可憐な天上の花々を思わせるほどに幻想的であった。全体的に柔らかな印象を受ける容貌だが、瞳だけは過激さの塊であるような、炎の色をしていた。

会ったことも見たこともないはずなのに、エヴァンはその女性を知っている気がした。気が遠くなるほど昔の記憶のように、触れた瞬間消えてしまいそうなほどおぼろげな感情は、しかし中々なくなりはしなかった。

我に返ったとき、少女の姿も美しき湖もなかった。目の前は仄暗く、何の代わり映えもしない木々に阻まれている。

エヴァンは居ても立ってもいられなくなり、込み上げてきた衝動のままに叫ぶ。

「セラ!?　どこだ！　どこにいる！」

「エヴァン様、ここにいます！　お気を確かに！」

彼は周囲を見回してセラフィナの姿を見つけると、悪夢から解放された子供のように、ひどく安らかな表情を浮かべた。

「ああ。よかった。セラまでいなくなっていたら、どうしようかと思った」

「私はいなくなりませんよ。ずっと、ずっと、エヴァン様のお傍にいます」

優しいセラフィナの腕の中に抱かれると、じゃじゃ馬のように暴れていた心臓が飼い馴らされていく。この至上の安寧には、どこまでも陶酔していけそうだった。

エヴァンは怖かったのかもしれない。自身が本当にエヴァン・ダグラスという人物であるのか、いまだ確信が持てずにいた。

もしかすると自分は、かつてのエヴァン・ダグラスという存在を殺し、我が物顔で振る舞うこの世界の異物なのではないか。あるいは、築き上げてきたこの世界の過去などというものはそもそも存在しておらず、これまで過ごした日々も幻想に過ぎないのではないか。そう不安になることがあった。

彼の記憶には、目を背けてきたおかしな点が少なからずあった。まず、知識がこの世界の事象とピタリと適合する部分が多すぎる。異世界であれば、そのようなことが起こり得る確率など、ゼロに等しい。そして大学生であった前世の名前も思い出せなければ、生活などの具体的な内容もまったく知らず、ただ制御に関する知識と経験だけが存在していたのだ。

(俺は一体、何なのだ……?)

エヴァン・ダグラスでも、工学を学んでいた大学生でもなければ、何が残るというのだろう。

それでも残る物があるとすれば、セラフィナの存在だった。エヴァン自身が何であろうと、彼女への思いだけは確かで、変わることはない。

それゆえに一瞬彼女が見つからなかったとき、エヴァンは唯一の拠《よ》り所さえ失ったかのように感じられて、取り乱したのだった。

「エヴァン様、大丈夫です。何も心配されることはありません」

穏やかなセラフィナの声音に、エヴァンは子守唄にも似た安らぎを覚えた。そのまま、どれほどの時間が過ぎただろうか。

ようやく落ち着くと、エヴァンは状況の把握に努めることにした。

「……あれは、夢だったのか？」

「いいえ、現実のことでしょう。あの少女の予言と共にエヴァン様が気を失われました。終わったときに、どうやら時空魔法が発動したようで、見知らぬ場所に放り出されたのです」

彼女の話によれば、時間が一足飛びに進んだように思われたのは、エヴァンが気を失っていたからであって、急な変化が起こった、ということではないらしい。

「それほど時空魔法の影響が大きいとは思えませんし、探せばこの近くで泉が見つかるかもしれません。どうなさいますか？　私はエヴァン様に無理をしてほしくないのですが」

「……そうだな、やめておこう。あの子が何かを知っているようには思えない」

何より、そもそもはエヴァンの抱えている問題が発端のようにも感じられた。だから、自分自身で何とかしなければならない。

セラフィナは小さく頷いた。

「はい、わかりました……ここからだと、元の町よりは海辺の町の方が近いでしょう」

「旅を続けよう。俺はもう問題ないからさ」

歩き出したところで、エヴァンは自身の手の中に、皿のような、大きな鱗があることに気が付いた。けれど何も言わずに、懐の中へ押しやった。

草木を掻き分け、一歩ずつ踏み締めていく。先ほどからさほど時間が進んだわけではないため、日の高さで目的地の方角は推定できる。

てんで違う位置に飛ばされていたのであれば、更に迷うだけであったかもしれない。しかし、他に手がかりがない以上、いつまでもそこにいるわけにもいかない。

無言で歩き続ける中、エヴァンはセラフィナの手を強く握り続けていた。彼女の体温を感じている間だけは、自分の存在が確かであるような気がして。

暫く歩き続けると、ようやく街道に出た。

「この道を真っ直ぐ辿って行けば、ペンケ・パンケ自治区に入りますね」

ウンディーネやセイレーンたちの住む自治区であるそこは、少し変わっていると言われているが、休むだけならさして問題もないだろう。

少し、落ち着いて考える時間が欲しかった。今は何も考えないようにして、エヴァンはただ歩を進める。

彼の意思を置き去りにして、旅の行く末は変わり始めていた。

12

町が見え始めたとき、辺りは濃い闇に包まれていた。入口にあるかがり火だけが、どこか不気味に揺らめき、おぼろげな光を撒き散らしている。次第に強くなってきた潮の香りは、防風林を抜けた途端に水気を含むようになった。

「何とか間に合いましたね。今夜も野宿せずに済みそうです」

セラフィナが町を見て、それからエヴァンに振り返って、告げる。安堵と共に、ずっと握りっぱなしだったエヴァンの手に込められていた力が緩んでいく。しかし、まだ完全な安全地帯というわけでもない。

セラフィナはエヴァンに柔らかな笑みを見せ、手を引いていく。いつもとは逆の行為だ。彼女の気遣いだったのかもしれないし、あるいは純粋なる厚意だったのかもしれない。

エヴァンはありがたく思いつつも、上手く対応できるだけの余裕はなかった。ただ助けられるままに、町へと進んでいく。

「もう少しですよ、エヴァン様」

「……ああ。行こう」

町に近づいてくると、申し訳程度に立っている、不寝番の兵の姿が見えた。その者は女性であり、美しい水色の髪を持ち、そして独特な文様《もんよう》を青の顔料で額に描いている。身に纏っているのは金属製ではなく動物の皮で作られた、猟師が使うのにちょうどよさそうな簡素な鎧だ。一風変わって見えるのは、手にしている武器が槍ではなく、銛《もり》であるからだろう。

ここは海辺の町で、そこから察するに彼女はウンディーネの一族なのかもしれない。一瞬の後、再び緊張が走る。

療養や娯楽のために訪れる者が多いこのワッカ共和国では、夜間に町と町を移動する者などほとんどいない。さっさと寝てしまうか、店で飲み明かすばかりだ。それゆえに、日没後の訪問者は不審に見られてもおかしくはない。

「そこの者、止まれ！」

女性の声が闇夜に響く。国境のときとは明らかに違う反応。ここが観光地ではないことが理由だろう。

「ここに来た目的を述べよ！」

エヴァンに代わって、セラフィナが前に出る。女性の強い物言いにも何一つ物怖じせず、はっきりした口調で告げる。

「怪我の治療のためニンフの泉を探していたところ迷ってしまい、このような晩になってしまいました。寝食を求めて参った次第です」

セラフィナの言葉を聞き、すっかり汚れきった衣服を見て、女性はひとまず緊張を解いたらしい。

ニンフの泉目当てで来る者は多いのだろう。

それから身分証、すなわち冒険者証を提示すると、すんなりと中に通された。他の国と比べると、観光などの産業が盛んで、人の移動も流動的であることから、閉鎖的な地域は多くないのかもしれない。

すっかり暗くなってしまった町中には、人の姿がほとんどない。さもありなん、これといった出来事でもない限り、わざわざ火を焚《た》いてまで深夜に起きている必要などありはしない。

散見される木造の家々の向こうには、漆黒の海が広がっていた。水面は僅かばかりの月明かりに照らされて、白いうねりを浮かべている。水平線の向こうもまた、果てしなく吸い込まれていきそうなほどの闇だ。

それはさながら常世《とこよ》への入口。人の住まう領域とはかけ離れた、深潭《しんたん》であるかのよう。

しかし手が届かないからこその美しさがあった。人を受け入れてしまえば、絶対的な神秘性は消えてしまうだろう。

「エヴァン様、あれが海なのですね」

「ああ……」

「どこか寒々しい気がします」

「朝になれば、また違う様《さま》を見せるだろうさ」

セラフィナの感想はもっともだった。夜の海は凍《こご》えるほどに冷たく、一度沈めばどこまでも体温を奪っていく。ある意味、人の生とは反対の存在だ。

そうしているうちに少しだけ余裕が出てきたので、エヴァンは辺りを見回してみる。深さがまったくわからないほど黒に染まっている海の切れ端には、均一な灰色の砂浜が広がっている。そこから少しだけ離れたところに、家々が立っていた。防波堤もないことから、津波などの被害を受けることは少ないそうだ。

町はどこもかしこも色褪《いろあ》せて輝きを失っており、寂しげな夜の静けさが二人を取り巻いていた。

「遅くなる前に宿に行こうか。底冷えしてしまうよ」

「はい。そうしましょう」

この町には宿が一軒しかないと聞いているから、あちこち探し回る必要はない。しかし、空いていれば泊まれるが、そうでなければ野宿することになる。その場合、どこか使える敷地を探すことになるので、結論を出すのは早い方がいい。

静まり返った町を、二人で行く。どこか物寂しく、それでいて不思議にも、不安などとは無縁だった。

潮風は肌に張りつくような心地がしたが、それさえも新鮮で、ときおり遠くから聞こえてくるさざなみの音が、軽快に耳朶《じだ》を打つ。

やがて一軒の民宿にも似た形式の宿が見えてきた。豪奢《ごうしゃ》とはかけ離れており、先日泊まった宿と比較すると、はるかに質素である。けれど、一晩二晩泊まる程度なら申し分ないだろう。

宿に入ると、幸いにも女将はまだ明日の仕込みをしているところだった。

「すみません、今日の部屋はまだ空いていますか？」

「ええ、一室だけですが。よろしいでしょうか？」

「はい。お願いします」

辺鄙《へんぴ》な町で唯一の宿ということもあって、料金は適正価格よりも少し高く、これといったサービスがあるわけでもないが、野宿するよりよほどいい。

案内された一室は思っていた以上に広かった。この町では土地が余っているということが理由だろう。

エヴァンはもはや何もかも億劫になって、荷物を放り出すなりベッドに飛び込む。木製のベッドは硬く、どこか軋んでいた。

そんな彼に、セラフィナが布をかけてくれる。

彼女の微笑みを見ながらエヴァンは微睡《まどろ》む。すると先ほどのことが唐突に思い出され、頭の中を駆け回り始める。もはや夢か現《うつつ》かわからなくなるも、おやすみなさい、と告げる彼女の声だけは、鮮明に聞こえた。

目が覚めたのは、夜明けよりも早かった。どうやら肉体的にはさほど疲れていたわけではなかったらしく、いつもの調子を取り戻している。

エヴァンは隣ですやすやと眠っているセラフィナを見て頬を緩め、それから一人、ベッドを抜け出した。ぎしぎしと音が立って、彼女を起こしてしまわないかと心配したが、彼女はやはり眠ったままだった。昨日、あんなことがあったから疲れているに違いない。

エヴァンは窓際まで行くと、落とし窓を上げて外を眺めた。

まだ肌寒い早朝の空気が流れ込んでくる。潮風は昨晩よりもべたついており、見上げてみれば空はどんよりと曇っていた。雨こそ降りそうにないものの、湿度は高く、纏わりつくような感覚は拭い去れない。

エヴァンはすぐに窓を閉めると、冷静になった頭で昨晩のことを思い出す。予言、そして唐突に浮かんだ光景。

どうやらエヴァン自身が知らぬところで何かが進行していたようだ。あのときは動転してしまったが、よくよく考えれば、数年前に記憶を取り戻した前後では、何も変わったところはなかった。それゆえに、己が実はエヴァン・ダグラスではないと考えられる強い根拠は何一つない。

冷静に考えれば真剣に悩むほどの出来事ではないのだろうが「変貌を遂げる」という言葉が気にかかっていた。既に別の存在に変わっており、これから明らかになっていく、という可能性を示唆しているのかもしれないのだから。

（たとえそうであっても、セラさえいてくれれば）

彼女がエヴァン・ダグラスその人として見なしてくれるのなら、自分がたとえ本物のエヴァンでなかろうと、そうであり続けられる自信があった。

そうして思考を続けていくも、明確な答えが出るわけではない。予言はあまりに抽象的であったからだ。

推測できることと言えば、待ち人と再会する人の二人がいるだろうということ、そして彼自身が何らかの騒動に巻き込まれていくことくらいだろう。

あのとき見た青緑色の髪を持つ女性が、そのうちのどちらかである可能性は低くはない。だが、そこから導ける事実というものはほとんどなかった。

そして「低きを求める」という部分はどう考えても、よい方向に取れる言葉ではない。流されるままに行きつく先、というのが妥当なところだろう。だが、求めるという言葉には反する意味になってしまう。

結局、エヴァンはこれ以上考えても仕方がない、と一旦思考を打ち切ることにした。

懐から鱗を取り出すと、手の中で弄ぶ。ニンフたちの言ったことが嘘でなく、これが彼女たちからの贈り物なのだとすれば、水龍のところへ行くことができるはずだ。

次の目的地は決まっている。後は腹を括るだけだ。

　これから動乱に巻き込まれていくというのであれば、力を高めていく必要がある。それは単純な戦闘能力であり、知識であり、そして権力でもあるだろう。

　成すべきことを成す。いつまでもへこたれてなどいられない。エヴァンは頬を軽く叩き、気合を入れる。

　やがてセラフィナも起きてきた。

「エヴァン様、おはようございます。お加減はいかがですか？」

「おはよう、セラ。もう何ともないよ、いつもありがとう。これからも迷惑をかけるかもしれないけど、よろしく頼むよ」

「はい！」

　セラフィナは元気よく答えた。そんなやり取りの後、支度を済ませると、せっかくだから、この町を見て回ることにした。

　息抜きも悪くはない。戦いばかりでは、息が詰まってしまうから。

　それに何より、セラフィナが楽しげだったから。


　エヴァンが宿を出るなり、早速潮風に煽られた。昼間は海より大地の方が温まるため空気の密度が下がり、海から吹き付ける風が強まるのだ。

　曇り空はどこか不安を煽る様相をしていたが、ここでの悪天候は珍しいものではないのか、ちらほらと見える住民たちは何ら気にしていないようだった。

空模様に反して、比較的気温は高く、そろそろ夏の訪れを感じさせる頃合いだった。家々の前を通りがかると、美しい青髪の少女が庭先で遊んでおり、うっすらと張った侵食領域から水を撒いていた。

それから更に行くと、これまた青髪の女性が打ち水をしていた。どうやらこの町では、水に関連した魔法がよく使われているようだ。いかにも水の民、ウンディーネやセイレーンたちの町らしい。

海の方をよく眺めると、まだ寒いだろうに、遊泳している者の姿も見える。まだ若い女性らしく、肌が見えないよう胸のあたりや腰から下を、布で覆っている。彼女は少し経ってから、身を翻して海の中に潜っていった。

その過程で、青光りする銀の鱗が見えた。足の代わりに尾ひれがついている。人と水棲生物の特徴を持つ、人魚の亜人のようだ。

「エヴァン様？　その……あの女性が気になりますか？」

「え？　……ああいや、初めて見たものだから」

「私も一応はその、半獣なのですが」

すっかり慣れ親しんでいるためエヴァンが意識することは少ないが、セラフィナは狐の獣人である。改めて彼女の方を見ると、半身になって尻尾をこちらに向けており、黄金色の耳がぴょこぴょこと揺れ動いている。

そこまでされれば、さすがのエヴァンとて意図には気付く。頭に手を伸ばし撫でると、彼女は嬉しそうに目を細めた。

「俺が気になるのは、セラだけだよ」

「……は、はい！」

季節外れの雪のように白い頬が、赤く染まる。それは温かな雪解けの如く、エヴァンに残っていた緊張を解きほぐしていく。

それから少しもしないうちに、この小さな町の全域を把握できるほど見尽してしまった。人口は数百人といったところで、どうやら漁により生計を立てている者が多いようだ。家々の前には、魚を干しているのが見える。

散策を終えると、曇り空は先ほどまでの様子が嘘だったかのようにすっかり晴れて、温かな日差しが降り注いでいた。潮風はまだ少し冷たさが残っているが、今はかえって心地好い。エヴァンはセラフィナと渚へ行く。引いては寄せる、海岸線。

町民たちは、海など見慣れているせいか、あるいは何か仕事でもしているのか、近くで遊んでいる姿などは見えない。もっとも、そもそも人影があまりないということも理由の一つなのだけれど。ともかく今は、二人きりだった。

「エヴァン様、初めての海です！」

セラフィナは靴を脱ぎ、ちゃぷちゃぷと押し寄せる波に、くるぶしのあたりまで素足を入れている。すらりと伸びた脚の前では、砂浜の白さでさえ霞んでしまう。指先を持ち上げると、上に載っていた砂が隙間から流れ落ちていって、瑞々しい肌には小さな水滴だけが残った。

何度繰り返しても、海の水も砂もなくなりはしない。もちろん、頭では理解しているのだが、セラフィナは何とも不思議そうにしている。その仕草がどこか子供っぽくて、エヴァンはつい笑みを浮かべずにはいられなかった。

セラフィナは楽しげに水と踊る。服がひらひらと揺れて、撥《は》ねた水が裾に染み込んで、色が濃くなっていく。

「エヴァン様も一緒にどうですか？」

「じゃあそうしようかな」

エヴァンも靴を脱ぎ捨ててセラフィナのところへ歩み寄った。海に浸かると、火照《ほて》った足から熱が奪われて、爽やかな涼しさが染み入る。

セラフィナは足元の砂の中に手を入れると、小さな貝殻をつまみ上げた。

「ここの生物は、少し変わっていますね」

貝殻から顔を覗かせる妙ちくりんな軟体動物を矯《た》めつ眇《すが》めつ眺めながら、セラフィナはそんな感想を漏らす。貝殻の紋様に感動することはないようだが、焼いて食ってしまおうなどという感想よりは、余程可愛げのあるものだろう。

それから、何がおかしいでもなく、二人で笑い合いながら過ごしているうちに、服はすっかり濡

れて、砂まみれになっていく。そうなってしまうと、もはや濡れるのを気にする必要もなくなってくる。

「セラは泳げる？」

「一度も経験がないので、どうでしょうか」

「じゃあ練習でもしようか」

昨日は風呂にも入らずに寝てしまったので、どうせ宿に戻ったときにすぐ入るだろう。着衣のまま腰まで水に浸かると、水着で入るのとはまた違って衣服がべったりと体に張り付き、確かな重みを帯びてくる。

動きにくくはあるものの、じきに慣れることだろう。今後、泳ぐ必要があったとしても、おそらく娯楽としてではないだろうから、基本的に着衣のまま泳ぐはずだ。もっとも、そんな機会がそうそうあるわけではなさそうだが。

セラフィナもエヴァンの後をついてきて、水に浸かる。初め、エヴァンが手本とばかりに泳いでみせる。しかし、どうにも今生では運動していることもあって筋肉の量が多いということや、着衣ということもあって、上手く泳げずにいた。

色々と試しているうちに、セラフィナも彼の姿を真似し始める。いきなり顔を水につけるのには抵抗があったのか、水上に顔だけ出してせっせと犬かきをするように水をかく。

やがて慣れてきたのか、尻尾をゆらゆらと動かして上手に推進力を生み出していた。やはりセラフィナは器用だ。

「エヴァン様、どうですか！」

「うん、いいんじゃないかな」

そもそも、エヴァンには尻尾などないのだから、どう教えればいいのかも、何が正解なのかもわかりはしない。しかし、彼女は抜群の運動センスを持つから、自己流でも問題ないだろう。

そこでエヴァンはふと思い立って、侵食領域を展開し、自身に力場魔法を用いた。直接的に力を生み出すことができるため、小さな掌で水をかくことで生み出される力より、遥かに効率がよいはずである。

抵抗が小さくなるよう手を伸ばし、全身を流線型に近づけてやると、ぐんぐんと進んでいく。魔法だからこそできる方法だ。スクリュープロペラやウォータージェット推進だって、これほどの効率は出ないだろう。水中を踊るように進んでいけるのはやけに爽快であった。

「エヴァン様——！」

エヴァンは自信満々にくるりと振り返ると、飛び込んでくるセラフィナの姿を認める。彼女を受け止めるも、足元が覚束なく、二人で頭から水の中へ突っ込んでいく。

何より楽しいひと時だった。

遊び終えた頃にはすっかり暗くなり、海は赤く染まっていた。その向こうには一日の終わりを憂《うれ》うかのように、物寂しげな日が半分だけ顔を覗かせている。

浜辺の岩にセラフィナと並んで腰掛けながら、エヴァンはどこからともなく流れてくる琴《こと》の音色に耳を傾ける。

「なんだか、時間がゆっくりになってしまったような気がします」

「たまには悪くないさ」

「はい。そうですね」

流れてゆく穏やかなひととき。辺りを見回してみると、岩の上で人魚が琴を弾いているほか、人影はない。

「あの……エヴァン様」

セラフィナが尋ねてくる。先ほどの楽しげな様子とも、普段の穏やかな様子とも違う。だからエヴァンは茶化さずに、彼女を正面から見た。

「なんだろうか」

「本当に……あのときの傷は大丈夫なのですか？　ここのところ無理をしているようなので、心配で仕方がありません」

セラフィナが目を伏せる。エヴァンにとって、予想外のことであった。セラフィナは、エヴァンの方から切り出すまで、彼の変化に気付いていようとも待つことの方が多かったのだから。そして、泉のことではなく、傷のことだというのも意外に思われた。

「傷は大丈夫だよ。ときおり、疼くような感覚を覚えることもあるけれど、耐えられないほどじゃない。それより、君に心配をかける方が、俺にとっては辛いんだ」

セラフィナはじっと、エヴァンを見つめる。言いかねていたのかもしれない。短い間に、何度も表情が変わった。

やがて決心したように話し始める。

「身勝手なのはわかっています。でも、それでも、私はエヴァン様と分かち合っていきたいのです。苦しいことも辛いことも、楽しいことも嬉しいことも、何もかも共有していきたいのです。ずっと、そうしてやってきたではありませんか」

素直な思いを真っ向から述べた彼女に、エヴァンは何も言うことができなかった。彼女のためを思うことより、彼女が傷つくのを恐れた自分に気付いてしまったから。

セラフィナは、ふっと微笑みを浮かべ、エヴァンの腰のあたりに抱き着いた。

「これからも、一緒にいてください、エヴァン様。ただ、それだけなのです」

「約束しよう。君といる未来を」

そのままの体勢で、二人は時間を共有する。

強い潮風が吹き付けると、セラフィナはエヴァンの衣服に顔を埋《うず》めたまま、もぞもぞと動いた。

「ニンフたちが言っていたけど……やはり匂うのだろうか？」

「磯の香りがします。それと、いつものエヴァン様の匂いがします」

セラフィナが言うのならば、そうなのだろう。

エヴァンはセラフィナの方を見て、暫く無言でいたものの、やがて口を開いた。

「セラ、君に言っておくべきことがあるんだ」

「はい、なんでしょう」

彼女が昨日のことに一切触れずにいるのは、きっと気を遣ってのことだ。エヴァンの存在そのものが関わってくるからだろう。もし、彼が語りたがらないのであれば、彼女は一生、言及することはないはずだ。

けれど誓ったばかりなのだ。これまでもこれからも、エヴァン一人だけの問題ではない。いつまでも甘えているわけにはいかなかった。

「あの予言はきっと、魔法によるものだと思うんだ。上手くは言えないけど、何となく、出まかせで言ってるのとは違う気がした」

「はい」

「内容はよくわからなかったけど、あのとき、ある女性の姿が見えたんだ。それが予言に関係しているのかもしれない。何やら不穏な空気も漂い始めている。これから俺の人生がどうなっていくのか見当もつかない」

言いたいことは違うはずなのに、口を突いて出てくるのは、そんな情けなく、弱々しい台詞だった。まだ、覚悟が足りなかったのかもしれない。

けれど、セラフィナは不満を零すことなどなかった。

「大丈夫です。エヴァン様には私がついていますから」

代わりに、自信とも決意とも取れる言葉を告げる。夕日に照らされた彼女はどこか儚げで、美しい生を感じさせる。

どこまでも眩《まばゆ》い彼女の存在に、エヴァンは思わず目頭が熱くなる。

「俺は必ず、この世界を生き延びてみせる。だから、これからも一緒にいてほしい」

一度放たれた言葉を、もう後悔することはない。エヴァンは変わり始めた周囲に立ち向かう決意をする。

セラフィナはそんな彼に、いつものように微笑んだ。


翌日、エヴァンはペンケ・パンケ自治区を抜けて、ワッカ共和国の北に位置する最初の町に戻ってきていた。寄り道をしなかったということもあってまだ昼下がりの町中は、人通りが激しい。

温泉ドラゴンは国内の東方の峰に棲んでいるという話を聞いてはいるが、詳しい場所については誰も知らない。知り合いの少ないエヴァンとセラフィナが頼れる相手と言えば、一人くらいしかいなかった。

「バートさんを探してみましょうか？」

「うーん。あの人なら知ってそうだけど、まだこの町にいるのかな？」

「リンさんと上手くいっていたようなので、当面はいるのではないでしょうか」

「じゃあ雲龍亭に行ってみようか」

そうと決まれば、早速そちらに向かい始める。町の活気が心地好く、何をするでもないのに心は躍っていた。

「やはりこの町は、皆が楽しそうでいいね」

「はい。なぜこれほどまでに素敵な町なのでしょう」

「財がこの地に流れ込んでくるからだろうね。消費があるから発展もある。けれど、表面的なものに過ぎないのかもしれない」

「表面的、ですか？」

「ああ。よそから来る者たちは、本気でこの国に何かを求めているわけではなく、一時的な安らぎを求めているだけだから。一方で住民たちは、隣接している三国の関係を常に気にし続けなければならない。よいことなのかそうでないのかはわからないけれど、独立してやっていける大国、というわけではないからね……それに、俺には想像するに難《かた》いけれど、金に縛られた彼女たちの運命など、幸せとは程遠いものなのだろうよ」

ここは消費地であり、金が、産業が生み出されるような場所ではない。他国に依存している生活など、不安定で仕方がないはずだ。この地に残されるのは、一見華やかで、しかし自由なき遊女に支えられた地区と、貧しさと引き換えに自由な辺境の村々ということになる。

エヴァンはふと、ダグラス領のことを思い出した。あそこも自由な土地であったが、特に産業があるわけでもなく、ふとしたきっかけで蹂躙《じゅうりん》される運命にあった。何事にも、最善などというものはないのかもしれない。

暗い話を振ってしまったかとエヴァンは反省するも、セラフィナにも思うところがあったらしく、考え込んでいるようだった。

そうこうしているうちに、やがて雲龍亭に辿り着く。何度見ても立派な建物であり、居並ぶ女性たちは見る者を否が応でも引き付ける。

いらっしゃいませ、と出迎えられながら、エヴァンは早速聞き込みを始める。バートと上手くやっていた女性がここに勤めていたということもあって、すぐに彼の経緯は判明した。

「バート様、ですか。確かエルフの里へと向かうとおっしゃられていましたね」

「……エルフの里ですか？」

エルフの里があるチェペク共和国はここワッカ共和国の南に位置しており、行こうと思えば一日か二日で到着できなくもない。これまでの様子からは思いつきもしない行動に、エヴァンはすぐに疑問が浮かんできた。彼がねんごろになった女性を置いていくとは考え難《がた》い。

しかしその疑問はすぐに氷解することになる。

「ええ。リンが貴族様に貰われていったということもありまして……」

「それは……おめでとうございます」

「バート様には申し訳ありませんが、彼女にとってはよかったのだと思います」

娼婦としての人生は、決してよいものではないだろう。望まぬ相手との望まぬ関係が続き、そして病気に終わる短い一生。いくつかの悩みから解放されるということは、何であれ喜ばしいことだ。その後には、裕福なる生活も待っている。

おそらく、バートは振られたショックを癒しに、エルフの里に向かったと思われた。エルフの女性は金糸のような髪が特徴的で、見目麗しい者も多いというから、声をかけて回るだけでも満足できるかもしれない。

それから暫く聞き込みを続けたところ、どうやら東方のインカル・ヌプリ自治区に水龍が棲んでいるということがわかった。温泉ドラゴン自体は有名であるが、実際に会いに行く者など滅多にいないらしく、自治区で唯一の村が周辺の管理に当たっているそうだ。

本来ならば、国を挙げて管理すべき問題なのだろうが、この国に大した予算がないということや、伝統を重んじているということから、そうした風習がずっと続いているらしい。

必要な情報も出そろったので、この日は早めに宿を取ってしまうことにした。最近は稼いでいない以上、贅沢は禁物だ。

見つけたのは比較的こぢんまりとした宿で、部屋の広さは雲龍亭と比べると半分以下であるが、二人で泊まるのには十分すぎる。

荷物を下ろすと、貴重品を持って風呂場に向かう。この宿は家族風呂の形態を取っているため、今日はセラフィナと一緒に入れる。男女別の浴室ばかりだったので、久しぶりのことだった。

錠を開けると、着替えるための場所と浴室が分離したタイプの一室が露わになる。檜《ひのき》の大自然を感じさせる香りと、温泉のやや鉄っぽい香りが入り混じって、心地好い空間を作り上げていた。

エヴァンは衣服を脱ぎながら、ちらりとセラフィナの方を横目で見る。するすると衣服を脱いでいく彼女は、ゆったりとしたシュミーズと可愛らしい装飾のついた腰回りから膝上までを覆う白のドロワーズ、そして靴下という格好。

そのため、ほっそりとした両の腕は晒されており、生々しい傷跡もまた曝け出されていた。しかし、セラフィナはまったく気にしている素振りはない。あるいは、別のことに気を取られていたのかもしれない。

彼女がシュミーズに手をかけると、エヴァンは視線を逸らして、自身の下着を取り払い、布を片手に浴槽の方へ向かった。

かけ流しの湯を頭から浴びて、石鹸を付けて体を洗う。着のみ着のままの旅にも随分と慣れてきたとはいえ、やはり汗をかいた後の風呂は非常に心地好い。

それから二人で並びながら、しかしお互いに顔を見合わせることはなく、黙々と作業を続ける。湯の流れていく音だけが沈黙を破っていた。

先にエヴァンが湯船に浸かる。一日の疲れが染み出ていくようで、思わず気の抜けた声が漏れる。セラフィナのすらりと伸びた足が浴槽の中に入ってくると、エヴァンは一瞬だけ見惚れ、それからすぐに天井を向き、年輪の数を数え始めた。

「こうして一緒に入るのは、久しぶりですね」

「そうだね。やはり一人より二人の方が、心地好いものだ」

セラフィナがそっと距離を縮めてくる。エヴァンはゆったりと体を預けているため、今はセラフィナの目線の方が高い位置にある。

彼女はエヴァンの額の傷を懐かしむように眺める。エヴァンがそちらへ視線を向けると、みかん色の柔らかな髪、水の滴るうなじ、小さな胸元が目に入ってきて、もう一度視線を逸らす。そして右腕の傷跡に目が留まった。

「……セラ、ごめんな」

一文字に傷跡のある、彼女の右腕に触れる。すべすべと柔らかな肌は、そこだけ硬くなっていた。

「くすぐったいですよ、エヴァン様」

そう言ってセラフィナは小さく身じろぎし、それから身を乗り出すようにしてエヴァンの肩に触れる。もはや傷跡そのものはわからないが、黒い痣《あざ》のようになって、やけに目立っている。

「傷跡、よくなりませんね」

「けれど、腕は動く。君を守るのに何ら問題はないよ」

これからもきっと、傷は増えていくだろう。彼女を巻き込むことに抵抗がないわけではない。しかし、彼女はそれでも一緒にいてくれる。

だからこそ、エヴァンは強さを求めるようになった。自身を守れるように、そして彼女を失わないために。

13

エヴァンはセラフィナと共にインカル・ヌプリ自治区へと向かっていた。いくつかの村を通り過ぎ、そこで得た情報を基に霊峰《れいほう》と呼ばれる水龍の住処に近づけば近づくほど、濃霧が見られるようになり、ときおり魔物さえも出てきた。

これでは旅人も訪れないというのも当然だろう。何より、水龍はニンフが認めた者にしか会わないというのだから、あえて無駄足を踏む必要はない。

山間を行くこと数時間、まだ昼であるというのに薄暗く、先はよく見えない。

「さすがにこんなところで野宿ってわけにもいかないよね」

「危険が多すぎますね。野生の獣も多いようです」

話によれば、いよいよインカル・ヌプリ自治区に入る頃合いだ。自治区といっても、水龍とその周りの世話をする一つの村しか含まれていないため、あまり大きくはない。

一歩ずつ踏み締めるようにして進んでいくと、突如、視界が開けた。懐から鱗を取り出すと、おぼろげに輝いているようにも見える。

「招かれているのか」

「そのようですね。彼女たちの言葉は本当だったのでしょう」

セラフィナと顔を見合わせると、一つ頷く。この先に、望む物がある。エヴァンは臆することなく進んでいく。

やがて、何やら物音が聞こえるようになってきた。

何人もの人の姿が見えてくると、中央にある焚火を取り囲み、祭祀《さいし》のようなものを執り行っていることがわかってくる。

遠目からでははっきりしたことは判明しないものの、厳かというよりは楽しげな雰囲気である。しかし邪教の類という可能性も捨てきれない。エヴァンは少々の警戒を保ちながら、そちらへ歩いていく。

次第に、声がはっきりしてきた。陽気な声の持ち主は、数十人にも及ぶだろう。インカル・ヌプリ自治区にある唯一の村で間違いないようだ。

彼らが取り囲んでいる火の中には、巨大な熊の姿があった。既に死しており、今まさに焼かれているところだ。

妙な踊りをし、歌を口にしながら、ぐるりと取り囲んでいる人々の姿は、傍目からでは男か女か、見分けがつかない。彼らは皆、一様に獣を模した面をつけており、肌着の上から羽織っている動物の皮をなめしたと思《おぼ》しき衣服は、草木の染料で染められており、動物や花といった自然の有様を抽象化した模様が描かれていた。

エヴァンは暫し声をかけるべきか迷った。重要な儀式を邪魔しては悪いからだ。それに、心証の面もある。水龍はともかく、村の人にとって自分たちは間違いなく知られざる客なのだから。

しかし、エヴァンに気付く者の姿があった。祭りが執り行われている中、離れたところから眺めていた女が、二人におじぎをした後、近づいてきた。

それから女性は、踊っている者たちには聞こえない程度の小声で耳打ちしてくる。

「驚かせてしまいましたか？」

「いえ。ここがインカル・ヌプリ自治区ですか？」

「麓の人々は、皆そう言いますね。ちょうど、水龍の儀を執《と》り行っているところでして……今暫く、お待ちいただけますか」

女性は首肯するエヴァンたちに、立ち話もなんですから、と一室を宛てがった。

木造で掘立小屋にも近いものだ。中央に囲炉裏《いろり》が配置されており、吊り下げられた縄の具合を見るに、あぶり焼きなどが日常的に行われているようだ。おそらく、狩猟により成り立っている村なのだろう。

女性が持ってきた茶に口を付けながら、エヴァンはセラフィナと共に、表から聞こえてくる歌に耳を傾ける。聞き慣れないものだったが、ところどころ、この地方の訛《なま》りがあった。

歌にも慣れた頃、急に場は静まった。ぱちぱちと弾ける火の音だけが、やけに強く耳を打つ。

「待たせてしまい、申し訳ない。儀式の最中であったものでな」

入口の方を見ると、エヴァンと同年代の少年が入ってくるところだった。

「いえ。ところであの儀式についてお聞きしても？」

「ああ、珍妙に思われたかもしれないが、ここの風習でね」

「水龍の儀、とおっしゃられていたが」

「そう。水龍様を奉《たてまつ》るということで、続いてきたものだ。もっとも、今となっては形骸化《けいがいか》しているのだがな」

そう言う少年には、どこか焦りや自嘲めいたものが見えた気がした。それから、年齢もさほど変わらないのだから堅苦しいのは抜きにして、と比較的穏やかな雰囲気で話を始める。

空いたコップに茶を注ぎに、これまた若くセラフィナと同年代の少女がやってくると、まず少年が名乗った。

「ああ、自己紹介がまだだったな。俺はコタンシュ。この里でいずれ長《おさ》になることになっている。こちらが許嫁《いいなずけ》のアシリレラだ」

小さく頭を下げるアシリレラは年相応の幼さがありながら、しかしそれゆえに美しい少女だった。

エヴァンも自分の紹介をしようと思うも、自分とセラフィナの立場というものについては今一つ測りかねていたところもあり、中々上手い言い回しが見つからなかった。

「俺はエヴァン・ダグラス。ハンフリー王国ダグラス領の領主、バリー・ダグラスが四男だ。と

いっても、もはやそんなことは関係ないしがない冒険者で、旅をしている」

コタンシュは少し驚いたようだったが、変わらずに穏やかな微笑をたたえている。エヴァンは何故そこまで話そうと思ったのかは自分でもわからなかったが、コタンシュの境遇に何か近いものを感じたからなのかもしれない。さらに、セラフィナの方を示して、続ける。

「彼女はセラフィナ。ダグラス領にいたときは身の回りの世話をしてくれていて、今は共に旅をしている」

この説明は我ながら、事実であるようで、一方でそうでもないような気がした。エヴァンがセラフィナと対等な関係である、という点に重心を置きすぎたせいで、やけに余所余所しいものになってしまったからだ。

こんな台詞になったのは、言い方によっては、セラフィナがいまだに従者であると取られても仕方がないためだ。エヴァンにとってそれは、何より当人に失礼なことに思われたのである。

それから暫し雑談が続くと、エヴァンはいよいよ本題について切り出す。

「不躾なことを聞くが、水龍様に会うことはできるのか？」

「水龍様に？」

「ああ。お聞きしたいことがあってな」

「……ニンフたちから聞いたのか」

ニンフたちに認められなければ水龍には会えないと聞いていたが、それはかの鱗なしではこの村に来ることができない、ということだろう。だからおそらく、コタンシュの意図するところは、水龍がエヴァンの訪問を待っていると知っていたのか、ということだ。

エヴァンが首肯すると、コタンシュは暫し押し黙った。

「……そうだな。そのために来たのはわかるが、今はやめておいた方がいい」

何かあるのかと尋ねるのは、あまりにも踏み込みすぎている。エヴァンはそれ以上続けなかった。

「さて、せっかくだ。エヴァンも儀式の最後を楽しんでいかないか」

「最後?」

「なに、簡単なことさ。自然の恵み、すなわち魂を捧げた後の肉を皆で享受するんだ」

「ではありがたく、そうさせていただこうかな」

コタンシュに続いて部屋を出ると、既に仮面をつけた者は一人もおらず、焚火も消されて、それぞれが切り分けられた肉にかじりついている。

浴びるように果実酒を呷《あお》る彼らに、村の女性たちが次々と代わりを持っていく。杯が空になることはない。しかし彼女たちも給仕にのみ没頭していることはなく、和気あいあいとした雰囲気が感じられた。

「おう少年。熊肉は初めてか?」

「自分で獲ったときに一度だけ」

「そりゃあいい。ここらのものは格別だ、遠慮せず食っていけ!」

酒が回り始めた男がやってきて、愉快そうにそう告げるなり、覚束ない足取りで他の男たちの所へ向かっていく。やがてやってきた女性に窘《たしな》められるも、有頂天になった彼にはそんな声など届かない。しかし不思議と、彼らには非難がましさや粗雑さは見られなかった。

エヴァンも肉にかじりついていると、セラフィナがアシリレラと仲良く話す姿が見えた。彼女にとって、同年代の同性というものにあまり会わなかったから、話の合う相手が出来てよかったのかもしれない。

それから何度か村人との交流があった。客として歓待するというよりは、むしろそういう垣根を越えて隔たりをなくすことが、ここの流儀らしい。

宴もたけなわの頃、エヴァンがまたぞろ酔っ払いにでも声をかけられたかと思って振り返れば、そこにはコタンシュの姿があった。彼は酔いから覚めたかのように、表情から笑みが消えていて、どこか悲壮ささえ感じられる。

「エヴァン、少しいいか」

「ああ。構わない」

人々の輪から外れて村の端に来ると、楽しげな声もただの雑音の波にしか聞こえなくなる。コタンシュは近くの倒木で作られた長椅子に腰掛け、エヴァンもそれに倣う。暫くコタンシュは何も言わず、木々の合間を眺めていた。

それからコタンシュは他愛もない話を始めた。それは本題ではないだろう。エヴァンは返事をしつつも、彼が話を切り出すのを待った。

「なあエヴァン、貴族とは、どのようなものだ？」

「何も特別なものじゃない。貴族には統治の義務があり、農民には耕作の義務があり、兵士には戦闘の義務がある。皆それぞれ、自身の役割を果たすだけのことさ……もっとも、俺のところが貧しかったから、なのかもしれないが」

「そうか。そうだろうな」

「重責、か？」

一瞬、コタンシュは驚いたような顔をしたが、やがて自嘲めいた呟きを漏らす。

「ああ。こんな小さな村で統治などあったものではないが、それでも上に立つということは、相応の責任がある。それにここでは――」

「もう、コタンシュ！　どこに行ってるのかと思えば。もう皆帰っちゃったよ」

そちらにはアシリレラと、セラフィナの姿があった。

「すまないアシリ。エヴァンと少々話をしていた。今戻るよ」

「しっかりしてよね」

話半ばであったが、そこで切り上げることになった。アシリレラはコタンシュに文句を言いつつも、嫌っているようには見えない。案外、上手くやっているのだろう。

エヴァンは話の続きが気になりつつも、ひとまずはセラフィナと小屋に戻った。

その晩、エヴァンが何をするでもなく寝転がっていると、ドアがノックされた。そしてアシリレラとコタンシュが入ってくる。

「えっとね、温泉があるんだけど……セラちゃんも一緒にどうかな？」

「はい！　行きます！」

エヴァンはそんな女子二人の様子を横目で見ながら、手ごろな布を引っ提げて立ち上がり、コタンシュの方に向かうと、小さく耳打ちするように告げる。

「俺に何か用があったんだろ？」

「ああ」

ここでの会話は短く終え、四人で部屋を出る。

温泉は村の北の方にあるということで、そちらに向かっていくと、湯気が上がっているのが見えてきた。どうやら露天風呂らしく、周りを取り囲んでいる柵のほか、簡単な脱衣所くらいしかない。村人くらいしか使わないから、この程度で十分なのだろう。

入口は男女別に分かれていた。村人全員で管理しているらしく、金銭のやり取りもない。この村の共同体意識の強さを窺わせる。

中は風呂上がりの村人たちで賑わっている。といっても村の規模が小さいため、数人でしかないのだが。娯楽が少ないこともあって、憩いの場として使われているようだ。

「ではエヴァン様、また」

「ああ。ゆっくりしてくるといい」

セラフィナと別れ、コタンシュと脱衣所に向かう。思えば、セラフィナ以外の誰かと入るのは初めてのことだ。

さっさと衣服を脱ぎ、布で前を隠す。浴室への扉を開けると、夜風が全身を撫でていった。エヴァンはぶるりと身震いしながら、空を見上げる。曇天からは、いつ雨が降り注いでもおかしくなさそうだ。

それから、岩で囲まれた巨大な湯船に視線を向ける。ほかには何もないが、百人でも入れそうなほどの広さは圧巻である。かけ流しの湯は、底も見えないほど濃い紫色をしていた。他の温泉とはまったく違う、この独特な温泉にエヴァンはやや浮かれつつあったのだが、コタンシュは反対に顔を顰めた。

「……濃すぎるな」

「まずいのか？」

「ん……そうだな」

彼は周囲を見回して、他の者が近くにいないことを確認する。

「ただちに何かがある、というわけではないが、この状態が長く続くのはよくないだろう」

「水龍様の異変か？」

「……そこまで聞いていたのか」

「ニンフたちから少し聞きかじっただけさ。内容は知らない」

湯を頭からかけ、さっと体を洗い流す。それからエヴァンはコタンシュと、広い湯船の隅の方に腰掛けた。ここならば、誰かに話を聞かれることもない。

「水龍様に異変があったのが、一か月ほど前のことだ。どうにも体の内から血を流されておられるらしい……棲まわれている泉から流れ出る水が、ワッカ共和国内すべての源泉であると言われているのは知っているだろう？　だから、とりわけ峰に近いところでは、こうして血が混じるようになった」

「では……これは水龍様の血の色であると？」

「ああ。本来、害があるものではないのだが、人にその効能は強すぎる。一時的ならいいが、この状態が続けば――」

コタンシュはそれ以上続けなかった。続けることが恐ろしかったのかもしれない。唇は僅かな震えを伴っていた。

おそらく水龍の死、あるいは知性の欠如の類か。この国全体の基盤を揺るがす事態になるのは間違いない。

「原因はわかっているのか？」

「いや……だが、腹の中から血が流れ出ているということだけは明らかだ」

「ふむ。調査はしないのか？」

コタンシュは首を振り、小さく息を吐いた。

「そうしようとは思っているのだが、水龍様の中に行かんとするたびにアシリに邪魔をされてな。どういうわけか、いつも俺が行こうとするタイミングでやってくるのだ」

エヴァンは自分が彼と同じ立場だったとき、どうなっていただろうか、と思った。セラフィナはエヴァンの行動を知って止めるだろうか。きっと、そうではないだろう。「お供いたします」と元気に答える姿が、すぐに想像できた。

「誰かに頼むこともできるだろう」

「いいや、それはできん。ここ数百年、あるいは数千年、水龍様が何事もなく過ごしてきたというのがこの国の基礎となっている。それが崩れれば、この国とて今のままとはいかんだろうよ……水龍様は、盟主でもあるのだ」

強力な魔物であるということが忘れ去られつつあるからこそ、気に留められないのであり、いつ暴れ出すかもわからないとなれば、この国を訪れる者などいなくなるだろう。となれば、これはこの村、ひいてはこの国全体の問題であった。

「難しいな」

「ああ。大きな問題だ」

そうして暫く二人で湯船に浸かっていると、コタンシュは決意したように述べる。

「俺はこの村の長になる。それは誉《ほまれ》あることであり、責任そのものでもある。だから俺がやらねばならん」

「何か俺にできることはないか？」

「エヴァンに、か？　……そうだな、何があるかわからない以上、共に来てくれると助かるが」

「ではそうしよう。俺の目的も水龍様に会うことにあるのだから」

「すまないな」

二人の会話は、用件が済むとすぐに途切れた。しかし、互いに満足したようで、この状況の居心地が悪いこともない。

エヴァンはふと思い出したように、肩を撫でる。しかしこれといって、何かが変わった様子はない。

「それは……痣か？」

「いいや、傷跡に魔物の血が入ってしまったのさ。ここに来れば治らないかな、って」

「その程度ならば、この件が解決すれば、たちどころに治るだろうよ」

「ああ、期待してる」

もし、そうならば、セラフィナの傷も消えるだろう。エヴァンは見え始めた期待を少しずつ膨らませていった。

セラフィナは上着を脱ぐと、ドロワーズとシュミーズという一般的な下着姿になる。一方でアシリレラは、動物の毛皮をなめして作られた、膝下まである浴衣状の外衣を脱ぐと、至って簡素な、体に巻きつけるようなタイプの下着姿になる。装飾をあしらった外衣とは違って、何の紋様もない。人に見せるものではないのだろう。

「セラちゃんのそれ、かわいいね」

「そうですか？」

「うん。なんだかとっても都会って感じ！」

「自分で作ったものなので、あまり実感がないです」

セラフィナはあまり身の回りに気を使う方ではない。センスがないわけではなく、基本的に無造作なエヴァンと過ごしてきたことが理由だろう。それでも、エヴァンの視線がたまに投げられることもあって、少しくらいは飾った方がいいのだろうかと思い、余った布でフリルをつけてある。

だから、自分の服はこれといって瀟洒《しょうしゃ》な服装ではないように思われて、セラフィナはアシリレラの衣服を眺める。

「アシリさんの服は、自分で染めているのですか？」

「うん。まあ田舎臭くてなんだけど、精一杯のお洒落ってところ。個性とか自分らしさとかって、模様以外には出せないから」

「とっても綺麗な色です」

「そう？　ありがと」

そう言いつつ、アシリレラは長く艶《つや》やかな黒髪を束ね上げ、軽く紐で結んだ。その所作はどこか日頃の生活を思わせるものだったが、しかし年頃の乙女であることを窺わせる肢体は、妙な艶《なま》めかしさを醸し出している。

覗くうなじは美しい曲線を描き、そこから鎖骨、胸元へと続くにつれて程よく肉感的になってくる。色はそれほど白いわけでもないが、むしろ健康的な彼女にはよく合っていて、美しいというよりは、未熟だからこその危うさを孕んだ少女の活発さを感じさせる。

この少女は自由であるがゆえの輝きと明るさを持っていた。

それから二人で湯船に浸かって、暫し歓談に興じる。片やこれまで同性の友人のいなかった少女、片や閉鎖された村で話題、とりわけ色恋沙汰に飢えている少女。互いに話の引き出しは少ないとはいえ、会話が途切れることはない。

「それでね。コタンシュってば、ひどいんだよ。婚約が決まったっていうから、おめかししていったのに、何してたと思う？」

「えっと……準備とかでしょうか？」

「ううん。取ってきた狸《たぬき》を解体してて、もう血まみれ。せっかくの晴れの日じゃない。もう台無しだよ。それなのに、祝いだって喜んだ顔しちゃってさ」

そういうアシリレラは残念がっているが、彼への思いが確かなものであるからこそ、そう思うのだろう。

セラフィナはいつしか、そんな二人の姿――いや、むしろ女性を喜ばせる術《すべ》に疎い少年の姿に、エヴァンを重ね合わせていた。彼も祝いの席だろうと、いつもながらのマイペースを貫きつつ、どこかずれた行動を起こすに違いない。セラフィナはそう思うと、自然と頬が緩んでしまうのを止められなかった。

「セラちゃんは、エヴァンくんとはどうなの？」

「えっと……？」

「結構いい雰囲気だったじゃない」

「エヴァン様とは上手くやっている、と思います」

ふうん、とアシリレラはからかうような笑みを浮かべる。それはどちらかといえば、色めいたものだった。

「じゃあ……もう済ませた？」

「何をですか？」

「それは、その……キス、とか」

セラフィナは暫し固まっていたが、急に時を取り戻したかのように赤くなってくる。これまで男性経験などまったくなかった彼女である。いきなり飛び込んできたその言葉は、いささか刺激が強すぎた。

「そ、それは――！」

「まだなんだ？　でもエヴァンくんのこと、好きなんでしょ？」

「す、すすす好きだなんて――！」

セラフィナはそれ以上何も続けられなくなって、逃げるかのように、体を口元まで湯の中に沈めて小さくなる。

「それなら、ちゃんと言わないと。放っておいたら、ずっと何もないままだよ」

アシリレラはもっともらしく言うが、彼女とてそういった経験があるわけでもない。少しお姉さんぶりたかったのだ。年上の意地とでもいうべきか。

セラフィナにも思うところはある。こと色恋となると滅法奥手なエヴァンのことだ、彼女の方から一歩踏み出さねば、彼が行動を起こすのはいつになることだろう。もしかすると数年どころか数十年と経っていてもおかしくはない。

「こちらから、ですか」

「そう。でも、相手に自分がいないとダメなんだって思わせるようにしないと、いいように弄ばれるだけだよ」

それはエヴァンには当てはまらないだろう、とセラフィナは思う。彼は女遊びとは程遠い性格で、どちらかといえば堅物に入るから。

しかし根っからの豪胆《ごうたん》な武人気質というわけではない。どこまでも愚直な態度はセラフィナにだけ発揮されるものであり、彼女に対しての誠実さと置き換えることができるものだった。それはもはや彼女に依存していると言ってもいいほどで、他の女になど目もくれないだろう。

セラフィナはそんな彼の弱さなど、とうの昔から知っていた。しかし知っていながらも、決して欠点などではなく、自分だけに見せてくれるエヴァンの本心に近いところなのだと、信じていた。だから、彼が弱みを見せる姿も、セラフィナのお気に入りだった。

そのように、エヴァンが他者に対して心を開くことがないのが理由だったかもしれないし、何よりセラフィナ自身が、幼いながらも彼への思慕《しぼ》を抱き続けてきたからかもしれない。

とまれ、セラフィナには一つの思いが浮かび上がってきた。

(――好き)

思えば、その言葉をエヴァンから聞いたことは一度もない。そして、セラフィナ自身も言ったことはなかった。

意識すればするほどに、これまで抱いてきたエヴァンへの思いが、本当にそういった言葉で形容される感情なのか、わからなくなる。慕っているのは間違いない。けれど、はっきりと自分の気持ちが理解できるほど、大人ではなかったのだ。

そしてエヴァンが抱いてくれている気持ちも、色恋の類だと言える自信もなかった。セラフィナがほんの少しでも彼以外の男を知っていれば、こんなことにはならなかったのかもしれない。

時間が経つにつれてどんどん思いは膨らんできて、やがてどうしようもなく重大なことのように思われ始めた。

それはこれまでの幼き好意とはまた違う、少しだけ大人びた恋心の萌芽《ほうが》であった。しかしそんな内心を隠すかのように、セラフィナは話題を変える。

「アシリさんは、コタンシュさんとはもう済ませたんですか？」

「え？　いや、その……ほら。私たちは腐れ縁っていうか。そういう甘い感じじゃないっていうか」

先ほど自分で使った言葉がセラフィナの口から出てくると、アシリレラはあからさまに狼狽《うろた》えた。そんな彼女にも、口で言うのと対照的な思いがないわけではない。

(優しくしてくれたら)

たまにはそんなことを夢想するのだ。コタンシュは優しいといえば優しいのだが、ロマンチックとはかけ離れたもので、そのたびにアシリレラはげんなりさせられている。

自分に襲い掛かってくる魔物へと勇敢に立ち向かうコタンシュの姿を思おうにも、次の瞬間には彼女のことなどほったらかして魔物の死骸に夢中になっている様子が目に浮かぶようだった。

そして妙にそれがしっくり来て、そこまで彼のことをよく知っている自分に気が付くなり、アシリレラは思わず可笑しさを堪《こら》えられなくなった。

「コタンシュがそんなことするなんて、あり得ない！」

アシリレラが笑い飛ばすなり、セラフィナもまた口元を綻ばせた。同じようなことを考えていたからだ。エヴァンが甘い雰囲気に現《うつつ》を抜かすなど、とても想像できなかった。だから、こうも思うのだ。勇気を出して、自分から聞いてみようと。

二人の零れた笑声は、どこか淀んだ空へ、掻き消えていった。

エヴァンは風呂から上がり、コタンシュと共に入口にてセラフィナたちが出てくるのを待っていた。小屋はさほど遠いわけでもないので先に戻ってもよかったのだが、そこまで急ぐ理由もない。

「エヴァン、明朝出立するのでも構わないか？」

「ああ。いつでも問題ないさ」

アシリレラとセラフィナが戻ってきたのは、そんな短い会話をしているときだった。コタンシュは隠れてこっそり行っていた悪戯が見つかった子供のように、ばつの悪い表情を浮かべずにはいられなかった。

しかし二人の方にも何かあったのか、特に気にする素振りもない。そこでエヴァンはふと気が付く。セラフィナが戦いを前にしたときのように意気込みつつも、しかし視線を合わせようともしないことに。頬が上気しているのは湯上がりのせいか。

こういうとき、セラフィナは大抵何か言いたいことがあるはずだ。しかしエヴァンとて、無作法にそれを聞くほど野暮ではない。もっとも、単に上手く立ち回ることができないだけだったりもするのだが。

誰からともなく歩き始め、そして少々の会話の後、それぞれの小屋に辿り着く。許嫁とはいえアシリレラも年頃の乙女、正式な婚姻前に同衾《どうきん》することはないのだろう。二人の小屋はすぐ隣であったが、妙な噂が立たないように気を付けているようだ。

エヴァンはといえばお構いなしにセラフィナと同じ小屋に入り、寝る準備を済ませると、そのまま何をするでもなく壁にもたれかかった。その少し離れたところ――近すぎず遠すぎず、長らく過ごした経験に基づく適度な二人の距離が保たれるところから、セラフィナはエヴァンに視線を向けてくる。

「あの、エヴァン様……」

「うん、何だろう？」

「えっと……やっぱり何でもないです」

こういうとき、得てして何かあるものだが、エヴァンはそれとなく水を向けるような話術には長けていない。

一応貴族ではあったものの、社交界からは遠ざけられ、むしろ猟師の息子同然に育ったのだから、無教養でも仕方がない。加えて、彼自身は知識を頭に叩き込むことは得意であったが、どちらかといえば学術的なものばかりであり、音楽や美術といった芸術、あるいは踊りや所作といったマナーなどに関しては、何ら興味を示さなかった。

湯上がりの余韻だろうか。夜になって木造の小屋は冷え始めているというのに、火照る体は先ほどよりも熱い。

エヴァンはその熱さを隠すかのように、敷かれた毛皮に横になった。村人たちが用意してくれたのは客人用のものらしく、使い込まれていないためにまだまだ硬い。しかし劣化のない毛皮は野性味を帯びており、独特の心地好さをもたらしてくれる。

少しばかり冷えた毛皮は、体の熱を奪っていく。そして頭の中に冷静さがすっと落ちてくる。

「そういえばさ、セラ。コタンシュとアシリレラって仲は悪くないよね」

ことごとくアシリレラに邪魔されるとコタンシュが言っていたことの裏付けを取るためであったが、セラフィナは過剰なまでの反応を示す。

「そうですね！　とても仲がいいと思います！」

「……風呂でアシリレラと何かあったの？」

「い、いえ！　……アシリさん、コタンシュさんとは進展がないって」

ほう、とエヴァンは独りごちた。ややもすれば、コタンシュの行動を邪魔するアシリレラ、という構図が凝り固まっているのだろう。そうなると疑問が湧いてくる。

コタンシュは村人にさえ、あまり水龍に関する話をしているようには見えなかった。だというのに、アシリレラには話さずにはいられなかった。一応は権力があるのだから、彼女に止められたところで、振り切っていくこともできなくはないはず。そうなると、もしかすると二人の力関係は思っていたのとは逆なのかもしれない。

そしてアシリレラがセラフィナにそのことを相談したというなら、事態はあの二人だけではどうにもならない方に転がりつつあるのかもしれない。

「いろいろ思うところもあるのだろうけど、お互い艱難辛苦《かんなんしんく》を乗り越えてやっていけるといいね」

「そうですよね！　アシリさんもコタンシュさんのこと、よく想ってるみたいですから」

エヴァンは合点《がてん》がいった。ようするに、コタンシュが心配だからこそ、アシリレラは止めるという行為に至ったと見える。何も二人の仲が上手くいっていないわけでもないのだ。

「あの……エヴァン様は、どうなんですか？」

セラフィナは意を決したように告げる。

「俺？　そうだな。進める限りは前に進む。いつまでも先延ばしにするつもりはないよ」

「そ、それはいつくらいかお聞きしても……!?」

「明朝になる予定だ。セラもそれでいい？」

「は、はい！」

セラフィナの顔に喜悦が浮かぶと共に、頬が赤くなる。そして話は終わり、並んで横になった。

心なしか二人の間の距離はいつもより近く、彼女の吐息の熱ささえ感じられる。

エヴァンは中々寝付けなかった。

14

朝、エヴァンは目が覚めると、片方の腕に確かな重みを感じた。そちらに目を向けると、セラフィナが彼を離すまいとばかりにしがみついている。寝顔は愛らしく、幸せそうに見える。

そんな彼女を起こすのは少々気が引けたが、日の出と共に出発する予定だったので、やむなし、と彼女の肩を軽く叩いた。

「セラ、朝だよ」

「ん……エヴァン様」

彼女はうっすらと目を開ける。艶《つや》やかな睫毛がゆっくりと持ち上げられると、朝日に照らされた橙色の瞳が幻想的なほどの美しさを宿した。いつもより近い距離で見る彼女の瞳には、期待と不安が入り混じっている。

エヴァンの腕に、小さな胸が押し付けられる。とく、とく、と高鳴る心臓の音。彼女に秘められた思いを表しているかのように、小さく、しかし強い生命力を感じさせる脈動を繰り返していた。

二人の顔は近づけば触れてしまうほど間近にある。それから暫く、雰囲気に呑まれてしまったのか、互いに口を開くことはなかった。

その静寂を打ち破ったのは、狩りのために飼われている犬の鳴き声だった。

雰囲気は一気に霧散し、エヴァンは柔らかい笑みを浮かべて、セラフィナの頭を空いた方の手で撫でる。

「セラ、今日も頼むよ」

「はい。お任せください」

セラフィナの声はどこか残念そうな響きを持っていたが、エヴァンはその理由など、到底思いつきもしなかった。

それからエヴァンは剣や連弩など、武器の準備を念入りにしていく。セラフィナは正座したまま小首を傾げた。

「エヴァン様、どこかにお出かけになられるのですか？」

「え？　ああ、アシリレラから聞いていなかった？　コタンシュと、水龍様のところに赴こうと思ったんだけど。なんだか二人は今後の方針で揉めてるみたいだったし、俺が手伝うことになったんだよ」

すると、一瞬呆けていたセラフィナの顔が急に赤くなっていく。

「そ、そうですよね！　このセラフィナ、エヴァン様にどこまでもお供いたします！」

セラフィナはエヴァンに有無を言わさぬほどの強さで言い切った。それ以上の追及を逃れようとしているようにも見えたので、エヴァンは「頼りにしているよ」とだけ伝えた。

小さくため息を吐くのが聞こえたが、その意味など、知る由もなかった。

それからセラフィナも槍の準備を終えた頃、扉がノックされた。入ってきたのはコタンシュただ一人。

「エヴァン、行けるか？　っと、邪魔したか」

「いや、彼女も同行する。俺よりはよほど役に立つだろう」

「ああ、すまない、頼む。できれば人目に付かないうちにここを発ちたいのだが」

今朝の出来事など、もはやなかったかのようにセラフィナは毅然としている。彼女は何事であれ、割り切ることができる方だ。

まだ誰も起き出してはいない村を出ると、獣道ですらない、道なき道を進んでいく。次第に、時折見かけた野生の獣の姿さえなくなってくる。

その理由はエヴァンにもすぐにわかった。ここが禁断の地とされるのに納得するほど、その先にある存在――盟主の力は想像を絶するものだったからだ。

まだ見えてすらいないのにもかかわらず、その力の余波だけで、緊張感が高まっていく。弱い魔物であれば、一目散に逃げ出してしまうだろう。

森を抜けると、山中にあるとは思えないほど広大な湖に、ぽっかりと浮かぶ島が見えた。が、よく見ると、それこそがこの地に棲まう盟主、水龍そのものである。

エヴァンは感嘆の声を漏らす。もし、あれほどの大きさのものが暴れ回れば、爪一つ弾くだけで人など吹き飛んでしまうに違いない。

しかしコタンシュは臆した様子もなく、声を張り上げた。

「水龍様！　彼《か》の者たちをお連れ致しました」

湖の中にある島が動くと、水中からぬうっと浮かび上がってきたのは、まさしく龍の頭。巨大な胴体に短い手足と、亀にも近い体形であるが、眼光は鋭く、未来さえも見通すかのようだ。

島と思われたのは、どうやら背中の一部分が苔生《こけむ》しているために緑色になっていただけであり、水中から現れた部分は鱗で青光りしている。

ゆっくりと近づいてくるそれは、やがて岸に着くなり、頭を地に着けて、目線を彼らに合わせる。とはいっても、それでも口を開ければ人など丸呑みできるほどの高さにはなる。エヴァンは身が縮まる思いがした。

そして水龍は小さく唸《うな》り声を上げる。エヴァンには到底その意図がわかるはずもなかったが、コタンシュが訳してくれた。

「よくぞ参られた、制御魔法の使い手よ、とおっしゃられている」

「私どものことが、おわかりになられるのですか？」

「予言を託されただけだ、と」

どうやら水龍がエヴァンの訪問を知っていたのは、予言に関わっていたからのようだ。

それから暫し彼らの間で何事かを話しているのを、エヴァンはただ眺めていた。村の長としての仕事には、こうした交流も含まれているのかもしれない。

予言のことはやはり気になる。しかし尋ねるのは、すべきことを終わらせてからだろう。

やがて、結論がもたらされる。

「エヴァン。俺は水龍様の体の中に行く。無理して付いてこなくても――」

「ここまで来たんだ、一緒に行くさ」

「すまないな」

そんなやり取りをしていると、水龍がどこからかふっと半透明の薄皮のような物を出現させた。

「胃酸などで溶けぬように、との御配慮だ」

「ありがたく、使わせていただく」

それを頭から纏い、いざ行かんとしたところで制止の声がかかった。

そちらには、額に汗を浮かべているアシリレラの姿がある。どうやらコタンシュを追って、駆けてきたらしい。

「待って、コタンシュ。何もあなたが行かなくてもいいじゃない」

「そうはいかん。俺にも立場というものがある。俺が行かずして、誰が行くというのだ」

「でも――」

「くどい。もう話はまとまっている」

言い切る彼に、アシリレラは怒りでも悲しみでもなく、ただ不安一色に染まった瞳を向けた。やがてエヴァンの存在に気が付くと、彼女はそのまま目を伏せる。

彼女からすれば、自分ではなくよそ者であるエヴァンに話をしていたことがショックだったのかもしれない。

そんなアシリレラにセラフィナがゆっくりと歩み寄り、そして微笑んだ。

「男にはやらねばならないときがあるのです。成すべきことを成さねばならないと、エヴァン様がおっしゃっていました」

「……でも」

「信じてあげることも、大切なのではないでしょうか。アシリさんには、笑って軽口を叩いている方が似合ってると思いますよ」

励ましの言葉としてはどうかと思われるものだったが、効果はあったらしく、アシリレラは顔を上げる。しかし断固として聞き入れないといった態度のコタンシュにむかっ腹が立ったのだろう、いつものように呆れた表情を浮かべた。

「水龍様に迷惑はかけないでね。調子に乗ってすぐに怪我するんだから、気を付けるんだよ」

そう言いつつも、セラフィナには弱々しく、「お願いね」と漏らした。セラフィナは槍の石突《いしづ》きで地面を打ち、誇らしげに告げる。

「エヴァン様がおられます。何も心配することはありません」

そこには迷いも心配も存在してはいない。

「後で、ちゃんと謝っておいた方がいい」

エヴァンもまた、その様子を見ながら、隣にいたコタンシュに念のため、と言っておく。

「わかってる」

果たして本当にわかっているものだろうかと思うも、エヴァンとてよくわかっていないのかもしれない。それ以上は何も言わずに、三人で水龍の腹の中へと赴くことにした。

水龍はあんぐりと口を開け、倒木を支えにしておくことで開けっ放しにしている。体は陸地に埋めてあるため、何事もなければ口から水が入ってくることも、揺れることもないだろう。

光が入らない腹の奥へ奥へと進むにつれて、辺りが見えないほどに暗くなってくる。こうなると進むのも困難だ。コタンシュはランタンに火をともした。

ぼう、と暗がりから曖昧な輪郭が浮かび上がった。脈動する肉の壁は、踏むたびに形を変える。そうでなくとも数秒後には別の形を取っている。

エヴァンはふと侵食領域を展開する。盟主の腹の中なのだから、まともに展開することは叶わないかもしれないと思ったが、通常の半分程度のサイズに抑えられるだけで済んでいる。とはいえ、この状態では連弩や盾を浮かべるスペースなどないに等しい。すなわち、頼りになるのは自身の剣だけであった。

少しずつ進むにつれて妙な音が聞こえ始めた。カサカサというような掠れる音に交じって、水音にも近い音、そして肉が引き千切れる音。

エヴァンは剣を抜き、構える。コタンシュも戦闘ができないわけではないが、あくまで狩人であって専門にしているわけではない。何かあったときはエヴァンとセラフィナだけで切り抜けなければならないだろう。

食道の半ばも過ぎた頃、いよいよ異臭がし始める。エヴァンもそれには苦言を禁じ得ない。

「これは……いつもこうなのか？」

「どうだろうな。俺も水龍様の中に入ったことなどこれまでない。だが、かすかに血の臭いが交じっている。異変の原因がこの先にあるのは間違いないだろう」

コタンシュは狩人ゆえか、あるいは天性のものか、鼻が利《き》く。一方でセラフィナは鼻を突くような臭いに耐えかねているようで、表情にこそ出さないものの、気分が悪そうに見える。

これはさっさと済ませてしまうべきか、との考えが過《よぎ》るが、頭を振って慎重さを求める。何があるかわからないからこそ、撤退先が後ろの一本道以外に何もないこの場所では、危険予測が重要になる。

エヴァンが先頭を行くこと数分。暗がりの中でもはっきりとわかる、深き闇の塊が、ぽっかりと口を開けて待っていた。食道の終わり、すなわち胃の始まりである。

胃酸に交じる血の臭いは更に強くなっていた。

近づくにつれ、ランタンの光に照らされて少しずつおぼろげながらも輪郭が映し出される。

肉の壁には無数の穴が空いていた。入り組んだ迷路のような穴からは、とめどなくだらだらと血が流れ出しており、奥からは肉が千切れる嫌な音が聞こえてくる。

何かがいる。エヴァンは侵食領域内に入ってくる、僅かばかりの光を観測し、敵の姿を探る。

はっきりとは見えないが、辺り一面で蠢く様子から、数匹ではきかないことがわかる。ほのかな光から、敵の正体は少しずつ露わになっていく。

やがて、数々の穴から光に誘われたように、魔物が頭を覗かせた。

白い胴体はどこまでも細長く、まるで線虫のよう。だが、ある一点でそれとは異なる。口には肉片が引っ付いた、牙のような物が生えていたのである。頭部は血に塗れており、肉を噛み切るだけの顎の力があることが窺える。

「こいつらが……！」

コタンシュは戦慄《わなな》きながら、段平《だんびら》のごとき剣を抜いた。その顔に見て取れるものは、怒りとも恐怖ともつかない。

「落ち着け、あの数だ。突っ込んでいけば碌《ろく》なことにはならない。おびき寄せて、一体ずつ仕留める」

敵は数十、あるいは百をも超えるかもしれない。そして何より足下には、流れ出す血が溜まって出来た池がいくつもある。そこに足を取られれば体勢を崩すのみならず、水龍の血を浴びることによる影響もまた計り知れない。

エヴァンは慎重に連弩を番えて、近くにいた寄生虫へと矢を放つ。後端には魔石が取り付けられ

てあった。

制御魔法により追尾するよう命令を与えられた矢は、観測のための光が少なすぎたためか、やや性能が落ちるも、おおよそ予想通りの軌道を描いていく。そして鏃が敵の頭に突き刺さっていった。

敵は音もなく穴から飛び出し、その全貌が明らかになる。およそ大人二人分程度の長さの胴体を持つ魔物だが、どうやらそれほど強固な肉体を持っているわけでもなく、素早いわけでもない。

（これならば、やれる）

波打つように、続々と穴から出てくる敵を見ても、エヴァンは表情一つ変えない。冷静に一つ一つ、仕留めていけばいい。粟立《あわだ》つ心を静め、敵を見据えた。

長い胴体をくねらせながら、糸のような虫が向かってくる。進行はやはりお世辞にも速いとは言い難《がた》い。遠距離から何かを吐き出してくることもなかった。

エヴァンは剣を構え、接近に備える。

先頭の一体が飛び出した。エヴァンはさっと身を翻して躱すなり、敵の勢いを利用して胴体を真っ二つに切り裂いた。中からべたついた体液が噴き出し、全身に纏わりつく。

だが、そんなことに構っている余裕などはない。虫どもは絡み合い、もつれ合って何匹いるのかもわからないほどの塊になっていた。

いざとなれば炎で丸ごと敵を焼くことも可能かもしれないが、それでは水龍をも傷つけてしまうだろう。

エヴァンもさすがに動揺を隠しきれなかった。侵食領域の減少、水龍の保護。課せられた制約は少なくない。

エヴァンは内心で舌打ちをした。だが、たとえそうであっても、これまでの相手と比べれば、遥かに楽なことに変わりはない。

果敢に敵へと向かって行きたがる足を押さえつけ、敵が食道まで入ってくるのを待つ。そして、真っ白な塊と化した敵がすぐ眼前まで迫った。

うねりながら向かってくる敵の行動は読めない。だが、その動きは緩慢であり、動いたのを見てから判断しても間に合うだろう。

エヴァンは両手で持っている剣を上段に掲げた。

接敵の一瞬。それは敵を遠くから眺めているときより、剣を交えているときよりも、やけにゆっくりと感じられた。真白くつるつるとした頭部が近づいてくる。

彼我《ひが》の距離が一刀の間合いに入ると、エヴァンは素早く一歩踏み込み、同時に剣を振り下ろした。流れるような動きで力が伝達された剣は、容易く敵を両断する。

が、それだけにかまけている余裕などはない。エヴァンの足下に食らい付かんと、別の魔物が迫っているのだ。

一歩後退しつつ、振り下ろした剣を今度は逆に切り上げ、真っ白な胴体を吹き飛ばす。立て続けに剣を横薙ぎに払い、四体目を仕留める。

敵は地に転がる同胞の死骸になど目もくれずに進む。もしかすると、本能で動いているだけなのかもしれない。だとすれば、いかに単純な攻撃しかしてこないとはいえ、かなり厄介だ。

エヴァンは額に汗を浮かべ始めた。

敵が高度な知能を持たず、ただ本能のままに餌となるものに群がっているのなら、かえって恐ろしい。どれほど圧倒的な力を見せつけようと、恐怖を抱くことはないのだから、躊躇して隙を生み出すこともない。

一方でエヴァンはそれほど体力に自信があるわけではない。長期戦となれば剣を振るい続ける腕に負担がかかり、ミスを犯しがちになるのが人間というものだ。

だが、エヴァンは思考を一瞬にして打ち切り、さらに剣を振るった。余計な考えは、剣を鈍らせるだけなのだから。

真っ白な肉体から透明な液体が噴き出し、剣を濡らしていく。やがて、不快感は全身にまで回った。

それにもかかわらず、エヴァンは雄叫びを上げることも、顔を顰めることもなく、ただ剣を右に左に、有らん限りの力で振り抜いた。これこそ、彼が戦場を生き延びるために身に付けてきた術だった。

彼は怒りや衝動に身を任せて力を振るうよりも、目の前のことに集中するため、努めて感情を押し殺す道を選んだ。そして自身の目と耳と鼻、侵食領域から得られる外部の情報の処理だけに頭を働かせる。

と、そのとき、先ほど切ったばかりの敵が、千切れかけた頭を持ち上げて、エヴァンの背後から襲い掛かった。

背後の侵食領域における光の情報からいち早くそれを察知したエヴァンは、何もしないことを選択。

刹那、全身をばねにして力を蓄えていた敵は、力を発揮することもなく、二度三度と胴体を分断されていった。

エヴァンが予想したタイミングと寸分もずれることなく、セラフィナの槍は思い描いていた軌跡と同様に美しい弧を描いていた。セラフィナは、いつもと変わらぬ愛らしい顔に、今は勇敢さを浮かべている。

「セラ、助かる！」

小さく、それだけを口にする。もはや自分自身よりも信頼できるほどに、セラフィナのことは知り得ていた。日頃から彼女のモーションを取り続けてきたことが功を奏しているのか、あるいは単に相性がよかっただけなのか。いずれにせよ二人の連携には間違いがなかった。

しかし、次第にエヴァンが敵を背後へ逃してしまう割合が増えてきた。敵の数が一向に減らないのだ。

セラフィナの方は問題がないとはいえ、コタンシュはこれまでこれほど大勢を相手にすることなどなかっただろう。

「後退して距離を――」

「いや、構わん！　こいつを使う！」

エヴァンの言葉を遮るようにして、コタンシュが前に出る。そして懐から取り出した液体を敵目がけて振り撒いた。間髪いれずに、小さな木片に火をつけ、敵の集団へと投げ入れる。

「下がれ！」

コタンシュの声が上がると、エヴァンは力強く地を蹴り一気に距離を取る。

彼の行動はすぐに理解できた。だが、頭の中にすっと馴染んで来はしなかった。自分も同じ手を考えつつも、使用できないとばかり思っていたせいだ。まして、コタンシュは水龍の存在をエヴァンより余程重んじているのだから。

火がその液体――油に接触すると、辺りには昼間の眩しさなど比べ物にならぬほど、強烈な光が放たれた。

敵の進攻はいよいよ止まった。熱を前にして右往左往しつつ、次第に身を黒く変えていく。

そして炎が地面、すなわち水龍の肉を焼き焦がすよりも早く、コタンシュは魔法を用いた。膨大な水が生み出され、滑るように敵を押し出していく。

炎にまみれた敵を呑み込み、一気に前線が押し上げられる。

「魔法、使えたのかよ」

「これだけだがな」

水龍を信仰している民ならば、水の魔法を使えたとしてもおかしくはない。エヴァンとて、以前ペンケ・パンケ自治区にてその様《さま》を見ていた。それでも攻撃になど使いようもないと見ていたのは、仕方がないところがある。

水を生み出し敵にぶつけたところで、より硬い石などに比べれば威力が遥かに落ちる。それだけでなく、力が一方向に向かうことなく分散されてしまうから、使い勝手はお世辞にもいいとは言い難《がた》い。だが、圧倒的な量を用いるのならば、それもさして問題にはならないのだ。

辺りが再び暗がりへと戻り始めると、エヴァンは足元に転がる死体を乗り越えていく。そして敵の生き残りが彼の姿を視界に収めるよりも早く切り掛かった。

反撃に出られる前に、剣が幾度となく煌めいた。抵抗されることはなく、物言わぬ肉片が一つ二つと増えていく。

剣の軽さに、エヴァンは不思議なほどの昂揚感を抱いていた。彼が初めて感じた、彼我《ひが》の力の差であったのかもしれない。相対するのは圧倒的な強者ではなく、格下の雑魚の群れ。そう感じるのも無理はなかった。

後に続くセラフィナが今度は彼の隣に立ち、共に敵を葬り去る。追撃の手が緩むことはない。しかしいつまでも攻勢が続くことはなく、敵も突出した二人に狙いを向ける。

そして虫どもが向かってこようと一斉に鎌首をもたげた瞬間、エヴァンは侵食領域を無理やり広げた。そして空いた空間に炎を生み出す。

ぼっと燃え上がると、そこから顔を背けるように、白き魔物どもは蠢いた。エヴァンは素早く炎の周囲に水を生成、素早く鎮火させる。攻撃には使えないとはいえ、敵を追い払うのには十分だった。

そうして生み出された隙に飛び掛かり、一気に剣を叩き込む。後はその繰り返しであった。どんどんと、戦線が押し上げられる。

そして再び水龍の胃の中まで戻ると、そこに残っている敵は、無数の穴――彼らの棲まうところから、出てこようとはしなかった。

エヴァンは連弩を構え、一つ一つ穴の中に矢をぶち込んで敵をおびき出し、仕留めていく。

そうして残党狩りも終わろうかと思われたとき、頭上で蠢く影があった。エヴァンは咄嗟にそちらへ矢を放つ。

狙い違わず頭部を貫かれた白い虫は、重力に従って落下していく。途中、虫食い状態になっている穴の縁に引っかかった。食い荒らされて細い繊維状になっていた胃壁は、重みを支えることができず、音を立てて千切れていく。

途端、そこから赤紫色の血が噴き出した。

エヴァンの脳裏に、コタンシュの言葉が過《よぎ》る。水龍の血は人には強すぎる。その原液ともなれば、どうなるか予想がつかなかった。

紫の液体はエヴァンとセラフィナ、二人の頭上から今にも降り注がんとしている。もはや一刻の猶予もなかった。

エヴァンは背にしていた盾を手に取り、頭上に掲げた。そして空いている方の手でセラフィナを抱きかかえて跳躍、血の滝から距離を取った。

それから苦し紛れに、頭上に生成した石板に少し力を加え、空中に留めておく。しかし生成魔法はほとんど使えないため、防ぎきるほどの大きさになりはしない。

「エヴァン様！」

セラフィナの声を聞きながらエヴァンは来《きた》る痛みを予想し、歯を食いしばる。そして、彼の背後から赤紫色の液体が容赦なく降り注いだ。

背中に何かが触れた感覚はなかった。その代わりに、焼かれるような熱さが背中を覆い尽くしていく。

熱は全身を駆け巡るかのように広がっていく。しかしエヴァンは自身のことなど構わずに、腕の中の少女の無事を確認すべく咄嗟に視線を落とした。

セラフィナに被害は出ていない。胃酸を防ぐべく水龍に貰った薄膜《はくまく》が溶けてはいるが、衣服まですべて溶けているということはない。そしてエヴァンもまた、どうやら被害を負ったのは背面だけだったらしい。

やがてうなされるほどの熱はゆっくりと引いていき、今度は身を引き裂くような痛みがやってくる。しかし、エヴァンの心中にあったのは、苦痛よりも安堵であった。

以前のようにセラフィナを傷つけさせてなるものか、という決意は彼の意識をすんでのところで止《とど》まらせる。倒れ込むよりも早く前に出した一歩は、しかと地を踏み締めた。

柔らかな水龍の肉は、踏み込む力をしっかりと受け止めるには心許なかったが、倒れ込む前に既にセラフィナが彼を抱えている。

「エヴァン様！　お怪我は!?」

「大丈夫だ。それよりセラ、どこか痛むところはない？」

「私は何ともありません！　エヴァン様、傷を――」

セラフィナが心配する中、魔物どもの最後の数体がぬうっと穴から頭を覗かせる。が、すぐにそれらは矢にて討ち取られていった。

「エヴァン、先に戻っていろ」

「……そうはいかん。アシリレラと約束したのだから。そう思うのなら、さっさと仕留めてしまえ」

「まったく、強情なやつめ」

そう言いつつ、コタンシュは弓を引く手に力を込める。エヴァンはセラフィナに支えられたまま彼の近くまで行って、床に置かれているランタンを拾い上げた。それからセラフィナが、彼に纏わりついていた血を布で拭う。

「くっ……」

一度触れるたび、感覚が薄れていたはずの皮膚に鋭い痛みが走る。どれほど鍛え上げた肉体であろうと、呻《うめ》き声を禁じ得ない。

やがて何もかもが片付いた。周囲に動くものの気配は感じられなくなる。静まった水龍の胃の中、あちこちの穴から流れ出てくる血が真っ赤な池に注がれる音だけが、永遠に続いていきそうなほど規則正しく、どこか物寂しげに響いていた。

「終わったぞ。エヴァン、これでいいんだろう」

「ああ。帰ろうか。アシリレラが首を長くして待っている」

「お前はそれよりも、セラフィナに気を使った方がいい」

エヴァンは返す言葉もなく、代わりにセラフィナの様子を窺う。彼女と目が合った。橙色の瞳は濡れそぼち、揺らめいて不安を見え隠れさせている。夜の大海のようにひどく寂しげでもあったし、夕焼けの海のように、暗がりの中に燃えるような激しい感情を孕んでいるようでもあった。

彼女は何も言わなかった。しかしそうであろうと、その心中がわからないほどエヴァンは愚鈍ではない。

エヴァンはいつしか果てしない罪悪感を覚え、その重みに耐えきれず、叫び出しそうになった。しかし、彼の喉は熱せられてくっついてしまったのだろうか、言葉を発するのを拒み、ようやく出てきたのは細く弱々しい声だった。

「……セラ。ごめんな」

「どうして、エヴァン様が、謝られるのですか」

セラフィナは泣いてこそいなかったが、だからこそ余計に深い悲しみをたたえているように見えて、エヴァンは不安で押しつぶされそうになった。

前にもこんなことがあった、とかすかな記憶を探り出す。思い浮かんだのは、彼女の泣き顔。以前、エヴァンが重傷を負ったときに見た彼女の姿。

エヴァンがセラフィナに対して抱いている感情は、セラフィナがエヴァンに対して抱いているものとそう変わりはしないだろう。そんなことはわかっている。それでも、彼女が傷つく姿は見たくなかった。彼女を犠牲に自分が助かるのは嫌だった。

けれど、その判断は彼女にとって何よりも残酷なことだったのかもしれない。

そうした思考の泥沼から救いを求めるかのように出口へと歩き続けていくと、いつしか眩い陽光を浴びていた。コタンシュはランタンの火を消して、水龍の喉を踏みながら口中に身を乗り出す。

そしてエヴァンもまた、その後ろ姿を追った。

コタンシュが水龍の牙を乗り越えると、すぐにアシリレラの声が聞こえてきた。喜びと不安が入り交じって、やけに早口になっている。

「コタンシュ！　けがはない!?　どこか痛いところは!?　二人に迷惑かけたんじゃないの!?」

「ああ、何ともない。いや、エヴァンが……」

「そんな――！」

悲壮感に満ち溢れた二人の会話が聞こえ、エヴァンは顔を顰める。

「おいお前ら、まだ、俺は死んでないぞ」

そう軽口を叩くも、エヴァンは水龍の牙を自力で乗り越えることさえできず、セラフィナに抱きかかえられながら、ようやく二人の前に姿を現した。

アシリレラはすっかり気が緩んだのか、ぽかんと口を開けながら、コタンシュは悔《く》いているかのように、それぞれエヴァンの姿を眺める。

エヴァンの首回りから背中は、すっかり露出していた。そして背にしていたオーガ革の鎧は下に纏っていた鎧下ごと溶けており、辛うじて残っている部分が悲壮感を増させる。

空気に晒された肌は焦げてしまったかのように赤黒くなっていて、水龍の血の色が混じったのか、ところどころ紫黒に染まっている。

エヴァンはいつになく、険しい表情を浮かべていた。しかし、苦痛によって生まれた感情ではない。セラフィナの思いにどうにかして応えたかったが、自身の無力さを突きつけられる結果となってしまったことが、何よりこたえたのだ。悲しげな彼女の前では、体の痛みなど些末なことだった。

ゆっくりと水龍の中から外に出ると、穏やかな風が優しく全身を包み込む。そうした余韻も束の間、外を満喫している彼の背中に唸り声が投げ掛けられた。

エヴァンには水龍の言葉などはわかりはしないが、巨大な顔は心なしか落ち着いているようにも見える。コタンシュは苦役《くえき》から解放されたかのように、安らかな表情を浮かべて言った。

「このままでは危ないところだった、感謝する、とのことだ」

「ではこれですべての片が付いたと？」

コタンシュは水龍を一度見て、首肯した。エヴァンもまた一つ息を吐くも、すぐにここに来た目的が頭を過《よぎ》る。

「水龍様、彼女――セラフィナの傷を治していただきたく存じます」

エヴァンはそう述べると、水龍に頭を下げる。その所作は洗練されているとは言い難かったが、なぜか優雅で、貴族然としていた。

セラフィナはそんなエヴァンを見て口を大きく開きかけたが、慌てて言葉を呑み込んだ。

水龍はその言葉を聞くと、どこから取り出したのか、二メートル近い長さのある牙の欠片と、一枚の鱗のようなものをエヴァンの目の前に置く。

「これは……？」

「セラフィナのことは相わかったが、それより先に、とのことだ。千年ほど前、ふらっと訪れた旅人が残していった物らしい。曰く、『いずれ魔物の臭いがする人間がこの地を訪れる。汝が死に瀕《ひん》しているところを、制御魔法の使い手が救うだろう。その鱗は、彼の者が体に負いし傷すべてを癒し、その牙は悪鬼《あっき》を討つ剣となる』だそうだ。これらは龍のものであるが水龍様とは別種のもので、言伝《ことづて》の真偽はわかりかねるゆえ、判断は任せるとのことだ。そしてそれを使わずとも、時間をかければ背中の傷が治癒することは保証しよう、とも」

水龍にも予言をもたらす能力はなく、誰かから授かったらしい。ならば、これ以上問答したところで、得られるものはない。

エヴァンは目の前に置かれたそれらを暫し眺め、やがてくすんだ緑色をした鱗へと手を伸ばす。

セラフィナはすぐに制止にかかった。

「エヴァン様！　危険です！」

「何があるかわからない、ということは俺にもわかるよ。でも、それほどの予言ができるなら、殺すことも、駒の一つとして動かすことも、容易にできるだろう……どうせ踊らされるのならば、俺は自身の手で道を選びたい」

もし力が得られるのなら、何にだって縋《すが》りたい気分だった。セラフィナをこんなにも悲しませてしまう力のなさが恨めしかったのだ。

「……わかりました」

セラフィナはまだ何か言いたげではあったが、無理に抑え込むようにぴったりと口を閉ざす。そして、鱗をエヴァンの背へと押し当てる。

龍の鱗は、ぞっとするほど冷たかった。実際にはそうではなかったのかもしれないが、エヴァンは骨身に染みる寒さを覚えていた。先ほどまで覚えていたはずの熱は、一瞬にして奪われている。

人の肌と龍の鱗、二つの存在が交わった途端、鱗は急速に眩い光を放ち始めた。が、実際に放たれている光ではないことにエヴァンはすぐに気が付く。光と見間違えるほどに強く感じられる高濃度の魔力だ。すなわちそれが意味するところは――

（魔法！）

咄嗟に鱗を引きはがさんとするも、体の奥深くまで根を張っているかのようにきつく張り付いて離れない。異物が入ってくる違和感は次第に失せていき、感覚さえも同一化していく。

抵抗を試みていたエヴァンは、急に糸が切れたかのようにその場にへたり込んだ。

脳裏に浮かび上がってきたのは、記憶の断片。以前見た記憶がそうであったように、エヴァンのあずかり知らぬところで起きていたことらしく、思い出したというよりは他人の記憶を見せられているのだと感じられる。

やがて頭は考えるのをやめて、ありのままの光景を受け入れていく。

エヴァンはいつしか、あたかも自身がそこにいるかのように感じていた。頬を撫でる風も、吹き付ける砂塵も、まさしく現世。現実感を帯び始めた目の前の光景に息を呑んだ。

彼の近くには、死体が転がっていた。首のへし折れた人、胴体から上がなくなっている者。白金色の金属をふんだんに使った町は、どこまでも無機質さを追求した結果出来たのではないかと思われるほど整然としていたが、今は大半ががれきに埋もれていて元の面影はない。ありとあらゆるところで赤き海が広がっており、その赤さを糧《かて》に炎がぼうっと燃え上がる。

エヴァンは何かを言わんとしたのか、あるいはただ感情そのものが喉の奥から飛び出してきたのか、低く呻くような音を発した。しかし、彼の衝動を受け止める者は、どこにもいない。零れた激情は、虚しく反響するばかりだった。

何かを成さねばならない。ふと急にそんな考えが頭にすとんと落ちてきた。理性でも本能でもなく、ただ思い出したかのように一歩を踏み出さんとする。しかしあたかも地面と一体化してしまっているように足は動かなかった。

吹き付ける血の臭いだけがやけに鮮明で、自身の生さえも疑わせるほど、強い死の気配を帯びていた。

途端、地を揺るがす咆哮《ほうこう》が聞こえ、エヴァンは弾かれるように目を向ける。崩壊した建物の陰に見えたのは、血塗られた悪鬼ども。腐肉を貪り、血を啜るその様《さま》は、まさしく醜悪さの化身と言えた。

それらが入れ替わり立ち代わり、蠢いていた。姿かたちはどれも変わらないようでいて、しかしごくごく微細な違いがあった。それらは互いを同族と認識しているらしく、互いを拒絶することなく空間を共有していた。

だが、悪鬼どもの繁栄は一瞬にして打ち砕かれた。金属の塊とも見える人型が、一撃で敵を打ち抜いたのだ。赤に塗れていた悪鬼どもは、皮肉にも自身の肉を地に捧げることで、地獄絵図を完成へと近づけていく。

次々と悪鬼が肉塊へと変貌を遂げていくのを、エヴァンはただ眺めるしかできなかった。肉片が彼の方にもいくつも飛んできて、視界を赤く染めていく。ひと際大きな血飛沫が上がると、エヴァンは目を見開いた。

理由はわからない。しかしそれでも、結末を見届けねばならない気がした。

誰かの悲鳴が聞こえたように感じられたが、一面の赤が去っていくと、目の前にあったのは自身の肩を叩くセラフィナの姿であった。

「エヴァン様！　エヴァン様！」

「え……？　ああ。セラ、俺はどれほどあそこにいた？」

「何をおっしゃられているのかわかりませんが、ほんの数秒ほど意識を失っておられました」

セラフィナは安心したように、微笑んだ。もはやエヴァンが何か常識を超えたことを口走るのを、さも当たり前のことだとでも思っているらしい。彼女はいつものように、エヴァンを受け入れる。

「どうやら、また夢を見ていたようだ」

「それより、お加減はいかがですか？」

セラフィナは問答の続きをするより、彼の体の話をしたいようだ。エヴァンはそう言われてみると、体の痛みはすっかり引いていることに気が付く。

「怪我をしていたのが嘘のようだ。まったく痛みはないよ」

「それは何よりです」

破顔するセラフィナとは対照的に、コタンシュはおそるおそるエヴァンに声をかける。

「本当に、大丈夫なのか？　どうにも、そうは見えないのだが」

コタンシュの視線に誘われて、エヴァンは背の方を振り返る。鱗のようなものが見えたが、それ以上は首が回らなかったため、侵食領域を展開して制御魔法により背面を観測する。

それにより明らかとなったのは、彼の背中が鱗のようなもので覆われている、ということだった。魔物の血を浴びた跡は綺麗さっぱりなくなり、体細胞が作り変えられてしまったかのように、小さな鱗が綿密に表面に敷き詰められている。

「どうなってるんだ……？」

鱗を背に近付けたとき、確かに魔法の発動を感知していた。あの鱗が魔力を与えられることで自動的に魔法を発動し、エヴァンの体を作り変えたとしてもおかしくはない。だが、侵食領域で覆われた肉体は、他者の魔法の干渉を受けることはないため、直接的に魔法を用いたとは考えにくい。もっとも、その前提知識自体が間違っていることもあり得る。

しかし何よりエヴァンを悩ませていたのは、彼の肉体をこのような姿形にして、仕掛けた者にとって何の利益があるのかわからないということだった。田舎貴族の四男など、特別な存在とは程遠いだろう。暫し悩み、それから水龍の言葉を思い出す。

エヴァンは剣を抜き、背に小さな傷をつける。表面は少々硬くなっていたが、刃はすっと通り一筋の線を描いた。

「エヴァン様、何を……！」

セラフィナは普段からは考えられないほど狼狽えるも、次の瞬間には、あっと息を呑んだ。エヴァンの背に付けられた傷はゆっくりと消えていき、元の姿を取り戻していく。

「随分な贈り物じゃないか。ご丁寧に、肌身離さず持っていてほしいと、好意の押し付けまでしてくれた。おまけに、独善的なメッセージまで残していくとはな」

エヴァンはようやく悪態を吐く余裕を取り戻すと、アイボリー色の龍の牙を手に取った。振り回すには少々重く、剣として扱うにはやや長い。こちらは手にしても、何の影響も出なかった。

考えるべきことは多々あったが、エヴァンはとりあえず村へ戻ることにした。ゆっくりと考える時間が欲しかったのである。コタンシュによると、水龍の血が混ざらなくなったことで本来の効能を取り戻すであろう温泉に浸かっていれば、セラフィナの傷も治るそうだ。

エヴァンが水龍に一礼すると、向こうも小さく鳴いた。すかさずコタンシュがその意を訳してくれる。

「気を付けていくのだ、とおっしゃられている」

「セラフィナの件、ありがとうございました」

まだ彼女の傷が治ったわけでもないのだから、少し気が早い。セラフィナもそんなエヴァンに少々呆れ顔であったが、ふと頬を緩めて彼の手を取った。

「エヴァン様、ありがとうございます」

「ん、いや」

「あのときは、エヴァン様が心配で仕方がありませんでしたが、助けようとしてくれる気持ちはとても嬉しかったのです」

セラフィナはエヴァンの目を見て、はっきりと言う。それから、「エヴァン様が傷つくのは嫌ですが」と、付け足した。

エヴァンはセラフィナにも、心境の変化があったのだろうと思う。彼女の態度はこれまでとはどこか違うように見えた。

セラフィナは悪戯っぽい表情を浮かべている。やけに色めいており、エヴァンは初恋にも似た感情が誘起されるのを意識せずにはいられなかった。

「エヴァン様、大好きです」

はにかむ彼女の頬に、夕日が差した。朱に染まる彼女は今日も美しかった。

15

水龍の腹から出てきて以来、セラフィナに傷を心配されながら、エヴァンはコタンシュの村で日がな一日寝て過ごしていた。

三日目の昼も過ぎた頃、急に床から起き上がると、ダグラス家の家紋が入った剣を腰に佩《は》き、龍の牙を背負って、すっくと立ち上がった。

セラフィナは大抵エヴァンの傍に控えていたが、今はその姿が見えない。アシリレラのところにでも行っているのだろう。

さして気にすることもなく、エヴァンは小屋を出た。久々の外気はすぐに肌に馴染み、大して強くない日差しは適度に温かい。

寝汗で張り付いていた衣服は、風に吹かれて熱を奪われていく。

エヴァンは辺りを見回して、見知った者の姿がないことを確認すると、森の方へと歩き出した。これといった当てがあったわけではない。ただ、人目から逃れるように、どこか猫背気味に木々の合間に姿を消していく。

それから暫し行くと、人の手が入っていない自然な環境が見えてくる。鬱蒼《うっそう》と茂る木々は日の光を遮り、地面近くは背の低い草木が辛うじて生えているばかりかと思いきや、木々に絡みついている蔦など様々なものが土地と光を奪い合っている。

ともすれば、来た道もわからなくなってしまいそうなほどにほの暗く、道なき道は進めば進むほどに方向感覚を失わせる。

ふと、エヴァンは足を止めた。そこにはぽっかりと空いた、何もない空間があった。頭上を見上げてみれば、僅かな光も譲らないとばかりに、木々が複雑に絡み合って空中戦を繰り広げている。

高き木々にとって、真下で生活する草のことなど、どうでもよいのだろう。エヴァンはどことなくこの場所が気に入って、空き地の真ん中まで行くと、どっかと腰を下ろした。

目を瞑り、風の声、虫の囁きに、耳を傾ける。聞こえてるのは、静寂ながらも確かな命の息吹《いぶき》。

そうしているうちに、あたかも自身が自然と一体となったかのように感じられてくる。

(だが、決してそうはなれない)

エヴァンはうっすらと目を開け、虚空を見つめた。

彼の運命は、どうやら誰かの手中にあるらしい。ダグラス領で記憶を思い出したときに薄々勘付いてはいたが、そのときには「前世の記憶」という、何もかも納得できる都合のいい説明が存在していた。

冷静になって考えてみれば、この世界と記憶の中の世界は、空間的にも時間的にも遠く離れており、結び付けるのは少々強引すぎる。理屈では説明のつかない不思議さを、無理に納得しようとした結果、非科学的な理論に満足してしまっただけだ。

だがここにきて記憶は、曖昧な天啓《てんけい》などではなく、明確な意図をもってある目的を達成させようとする、何らかの意思が介在した手引きへと変わっていた。

この運命の先に何があるのか。おそらく見当も付かず、理解の及ばぬところだろう。しかし黙って命じられるままに動くのでは、奴隷と何ら変わらない。

敵が手ぐすねを引いて待っているかもしれない。

(……そうであっても)

今は乗るしかない、とエヴァンは思う。今のところ、彼を弄んでいる誰かに明確な殺意は見られない。そして動き出してしまった運命は止まることはなく、敷かれたレールの上を正確に辿っていくだろう。

その先にあるのが崖であろうと、手にしているのが天上行きの切符であろうと、途中下車を頼み込む相手がいないのでは、飛び下りるのは身投げにも等しい行為である。田舎に逃げ帰って暮らしたところで、おそらく二度と安らかに眠ることはできない。

幸いにもその目的のためには、どうやら彼を生かし恩恵を与える必要があるらしい。ならば、どこまでも乗っかって行ってやろう、とも思うのだ。得られるものを得られるだけ得て、それから決めても遅くはない。

何も、超常的な存在であろうと、全知全能の神が出てくるということもあるまい。

そうと決まると、これまでの記憶を整理していく。水龍によれば、少なくとも千年以上前からことは運ばれているらしい。随分と大掛かりな計画であるし、悪戯という線はないだろう。

そして見たこともない、青緑色の髪をした女性の記憶と、つい先日見た記憶を重ね合わせる。共通する無機質な建物を思い浮かべると、時代が同一であるかもしれない、という可能性が浮上してくる。もしかすると、彼がこれまで前世の記憶として捉えていたものとは、何ら関わりはないのかもしれない。憶測に過ぎないが、あまりにも文化、風習などが違うようなのだ。

そして町を襲った悪鬼ども。それらが何であるか、何一つはっきりとしたことはわからなかったが、奇妙なまでに似通って思われる存在があった。

魔物。そもそもそれ自体が何であるのか、彼の理解の及ぶところではなかったが、人を食らい脅かすその存在は、悪鬼と瓜二つであるかのように思われた。

とはいえ、あの悪鬼どもは魔物のように死後、魔力に還っていくということもなく、辺りに血肉を撒き散らしたままであった。類似している点は少ないと言ってもいい。

そのことを思い出すと、脳裏に焼き付いて離れないのが、金属の人型をした何かであった。人の敵を討ち滅ぼしていたことから、人類の兵器である可能性も高い。

しかし、あれほど――とはいっても表面上を見たに過ぎないが――文明が発達しているのであれば、銃や砲があってもいいのではないかと思われる。そうなるとあの金属兵器がどうにも前時代的に感じられた。

思考の泥沼にはまればはまるほど、情報の不足により、ますます混乱が生じてくる。エヴァンはこれ以上何もわかることなどあるまい、と大きく息を吐いた。

彼は立ち上がるなり、侵食領域を広げた。素早く展開された領域は半径二メートルほどにも及んでいる。そしてすぐさま、生成魔法によって空中に木片を生成した。

そのことによる魔力の消費はさほど感じられない。以前ならば、生成魔法を用いればすぐさま、全身の血が失われてしまったかのような、飢えにも近い感覚がやってきたものだ。

エヴァンは背にしていた龍の牙を片手で抜き、勢いのままに振り下ろした。武骨な牙は轟々《ごうごう》と風を切る音を立て、木片を叩いた。粉々になった破片が舞い上がる。

もはや、初めて手に取ったときに感じた重さはなかった。片手で幾度か龍の牙を軽々と振るい、そして急に風が止むがごとく、ぴたりと静止。

すっと龍の牙を背に戻すと、エヴァンは慨嘆《がいたん》を禁じ得なかった。この身に生まれて、あれほどまで渇望していた力が、知らず知らずのうちに手に入っていたのだ。誰かに与えられる、という形で。実感も、ようやく手にしたという感慨もない。

歩き出そうとしたとき、ふと振り返れば、ゴブリンの姿があった。水龍の近くには魔物も寄らないと聞いている。だから、たまたま迷い込んでしまった個体なのだろう。

これほど弱い魔物であれば捨て置いてもよかったが、近くには村がある。エヴァンは敵に狙いを定めると、岩石を生成し、撃ち出した。

岩は狙いを過《あやま》たずゴブリンの頭をぶち抜くも勢いは衰えず、背後にあった木に当たって、中程からへし折った。

「これが、俺の力だというのか」

エヴァンは呟くと、口から笑いが漏れてきた。

(これを笑わずにいられれようか)

自身で努力して手に入れたわけでもなければ、与えられた理由も知りはしない。いつ消えてなくなるかもわからない力だ。

だというのに、エヴァンはこの力を随分と前から知っていたかのように、自在に使うことができた。

しかしエヴァンには、他人の力で有頂天になる自身の姿は、滑稽で仕方がないものとして映っていた。漏れ出た笑いは哄笑《こうしょう》となり、しかし誰にも聞き届けられることはなかった。

(俺はお前が何であろうと、生き残ってやる)

エヴァンはひと頻《しき》り笑うと、無表情に戻り、見えない何者かに向かって内心で呟いた。この世界を生き延びていくことに、今までとは違う確かな意志が生まれていた。


村に戻ると、すぐにセラフィナが駆け寄ってくるのが見えた。離れていたのはほんの僅かばかりの時間。しかし彼女は額にうっすらと汗を浮かべている。どうやら村中を探し回っていたようだ。

無理もないことだと思いつつも、エヴァンには自身の行為がどこか、彼女とは無関係のことのように思われていた。彼女を巻き込みたくはないという、親愛の情の裏返しであった。

が、真剣な彼女を見ていると、すぐに自身の行動を悔い恥じ入った。以前約束したばかりの、何もかもを共有していくというのに反する考えだったから。

「エヴァン様、ご無事でしたか」

「心配をかけて、すまなかった。少し風に当たりたくて、出ていただけだよ」

「御壮健《ごそうけん》になられて、何よりです」

セラフィナは心底嬉しそうに笑う。

（もはやこの身は、俺だけのものではないのだろう）

エヴァンは彼女との関係の中で、生きているのだから。彼女はエヴァンの未来に、彼自身よりも深く関わってくることになるかもしれない。

それから、彼女にまだ明確な答えを返してはいないことを思い出す。「大好きです」と述べたのは、ただ自分の愛情を確認するためだけではないだろう。そうして言葉にした意味を吟味《ぎんみ》すれば、求められていることもおのずと見えてくる。

しかし答えを告げようかと思うたびに、村人の視線があったり、呼び出されたりしたのだ。そのたびに今が時機ではないように感じられて、エヴァンはついそっけない言葉を一言二言告げてしまうのだった。

セラフィナは嫌な顔一つせずに、そんな情けない彼の手を取った。まるで貴方の心の中などお見通しですよ、とでも言うかのように。

そうして手をつないだまま村の中央に行ったところで、コタンシュとアシリレラに出くわした。

「なんだ、俺たちが探すまでもなかったか」

「……すまんな、心配かけた」

「それを言う相手は、俺じゃなく彼女だろう」

コタンシュは視線でセラフィナの方を示す。しかしエヴァンはコタンシュの言葉に素直に従うのは癪《しゃく》に障って、何か反撃の武器はないだろうかと前方の二人を眺める。二人は手を繋いでいた。それをからかってやろうかと思ったが、どこかぎこちない恋人つなぎを見ていると、そんな気も失せていく。

代わりに口から出てきたのは、彼本来のそっけない言葉だった。

「明日、ここを発とうと思う」

「いよいよ、か。何も急ぐことはあるまい」

「だが、急がない理由もないさ……今生《こんじょう》の別れでもないのだから、そう思い詰める必要もないだろう」

「そうだな。では今宵は宴としよう。水龍様の加護を得た英雄殿の門出《かどで》を祝おうじゃないか」

「よせよ。そんなんじゃない」

大仰な態度を取るコタンシュとは対照的に、エヴァンは顰《しか》め面《つら》になる。水龍に巣食っていた魔物のことについては村人の誰一人として知らされてはいないものの、エヴァンが水龍の助けとなり、礼として龍の牙を頂いた、という英雄譚的な話は村中に流布《るふ》していた。

話題の少ない田舎の村のことだ、今年一年はその話題が尽きることはないだろう。要するに、彼は格好の酒肴《しゅこう》であった。

コタンシュが大仰に話をしたのか、その晩はてんやわんやの大騒ぎになった。

コタンシュはアシリレラと二人で宴の中心にいる一方、エヴァンは人の輪から少し離れたところで軒下に腰掛け、骨付きの肉にかじりついている。隣にはやはりセラフィナが、そこは自分の特等席だと言わんばかりに陣取っている。

表情こそ穏やかであったが、近づく者にとっては、彼女が噛み付きかねないようにも見えたかもしれない。

そんなセラフィナは何をするでもなく、ただ隣にいた。

目の前では焚火が赤々と燃えている。エヴァンには、未来の幻視にも思われた。が、彼が手にしたままの、食べ終えて肉の残っていない骨を、セラフィナが手に取って片付けると、不意に現実に戻されてはっとする。

それから、エヴァンはゆっくりと口を開いた。

「今度は、ドワーフとエルフの国に行こうと思う」

「はい」

「そこならば、エルフの蓄えている知識から、何か得られるかもしれない」

「それは名案です」

エヴァンは「付いてきてくれるか」とは聞かなかった。その答えは彼女の言葉の中に含まれていたのだから。

次の目的には、龍の牙を研磨し、剣として使えるようにする、ということもあった。ドワーフたちは冶金技術に優れているため、こちらの手掛かりも見つかるかもしれない。

果たして使い物になるのかどうかはわからなかったが、予言によれば悪鬼を斬ることができるそうだ。比喩に過ぎないのかもしれないが、試してみる価値はある。ほかに確かな行先があるわけではないのだから、地道に思いついたことを試していくしかない。

そうしているうちにいつしか火は消えて、人々は家に戻っていく。何かを告げることもできないまま、祭りの余韻だけが残っていた。

「エヴァン、風呂に入ってこいよ。もう二日入ってないだろ？　英雄の門出が汚いままじゃ、格好がつかん」

英雄などではないのだと反論しようかとも思ったが、言っていることはもっともである。エヴァンは大人しく従うことにした。

「セラ、じゃあ俺は行ってくるよ」

「はい。行ってらっしゃいませ」

彼女は頭を下げると、それからアシリレラと何やら楽しげに話を始めた。

エヴァンはふと口元を綻《ほころ》ばせ、一人温泉へと向かった。

（……俺がいないときの方が話しやすいこともあるだろう）

近くに人の姿はない。どうやら皆もう自宅に帰ってしまったようだ。

エヴァンは脱衣所に入ると、すぐに衣服に手をかける。しかしその手がぴたりと止まった。

彼の背には、龍の鱗がある。確認してはいないため、多少は綺麗になっているかもしれないが、いずれにしても人目を引くことは間違いない。

辺りを見回し、湯の方から物音が聞こえないことを確認して、ようやくエヴァンは衣服を脱いだ。そして布を手に取り、前を隠すのではなく背にかけた。

誰もいない浴室にて、エヴァンは湯を頭からかぶる。数日の汚れがこびり付いているせいか、心まで洗い流されるかのように、気分がいい。元来、彼は綺麗好きな方なのである。

そうしてひと時の安らぎに満たされていると、脱衣所の方に人影が見えた。エヴァンは慌てて背に布をかけ直したが、その人物が入ってくると今度は別の意味で慌てた。

「セラ、どうして……?」

一糸纏わぬ彼女は、一枚の布で辛うじて前を隠している。が、それとて、風が吹けばめくれ上がってしまうだろう。

「エヴァンが気を許すのは一人しかおるまい、とコタンシュさんがおっしゃられまして」

(……いらん気遣いを)

コタンシュも、エヴァンが自身の変化を気にしていることくらい気付いていたようだ。それゆえに、セラフィナ一人をこの場に赴かせたに違いない。

エヴァンは暫しそのままの体勢であったが、セラフィナが目を泳がせているのを見て、肩にかけてあった布を膝のあたりに置いた。

彼の背が、夜風に晒された。

「もう、すっかりよくなったのですね」

「そうかな？　俺には見えないから、よくわからないよ」

「色こそ違えど、遠目には痣のようにしか見えませんよ」

「それはよかった」

エヴァンはそう漏らし、自身が安堵していることに気が付く。いずれはこの鱗も、肉眼では肌と区別がつかないほど細かくなるのかもしれない。そこでエヴァンはふと、セラフィナの小振りなお尻から伸びている尻尾に目が行った。

彼女は獣人であるから、人との違いに悩むことがあっただろう。けれどエヴァンにとっては、普通の人と何ら変わりはしなかった。今のセラフィナが自分に抱いている感情は、そのときと同種のものなのかもしれない。

（……たとえこの身が鱗で覆われていようと、俺は俺で、何も変わるまい）

それから二人で湯船に浸かると、一緒に空を見上げる。今日は星が綺麗だった。漆黒の中に輝く星々は、小さな希望のようにも見える。

「セラ。俺は君に言わなければならないことがある」

「はい、何なりと」

「どうやら俺の人生というやつは、まったく俺の思い通りになどなりはしないらしい」

「それは退屈せずに済みそうですね」

「もしかすると、他人の人生でもあるのかもしれない」

そこまで言ってから、エヴァンは一旦言葉を区切って、セラフィナの方を見た。澄んだ瞳が、真っ直ぐに向けられている。

「それでもやはり俺は——君に安全なところにいてくれ、俺は一人でも大丈夫だ、と言えるほどには強くなれないようだ」

「はい。エヴァン様には——」

「どうやらセラフィナ、君がいないとダメらしい」

エヴァンが弱音を漏らすことは、滅多にない。いつも逃げ腰で悲観的とも取れる言葉を告げる彼であったが、ある意味、最悪の状況を避けるために常に強気であったとも言える。

そんな彼が、今日はまったく情けないことを言う。セラフィナは、ただ二の句を待つ。

エヴァンは暫し悩み、その末に精一杯の、等身大の彼の言葉を口にした。

「君が、好きだ。君のためならば、この俺はいかなる巨悪を打ち倒す英雄にも、民を欺瞞《ぎまん》する扇動者にも、何にでもなれよう」

「ならば私はあなたを支える女傑《じょけつ》にも、傾国《けいこく》の妖婦《ようふ》にもなりましょう。いついかなるときも、お傍におります」

暫し見つめ合ったままであったが、そのうちエヴァンは彼女へと手を伸ばした。その仕草がぎこちないものであったため、セラフィナはくすりと微笑んでから、彼を受け入れる。

柔らかな少女の肌に包まれ、エヴァンは得も言われぬ安心感を覚えた。全身が温かなのは、湯の熱のせいか、あるいは肌から伝う熱のせいか。

ただ一つ確かなことがあるとすれば、このとき二人の思いは一緒だったということだろう。

湯気は天にも昇る勢いで、夜空へと消えていった。

不遇の高校生桐生レオは、ある日、謎の声に導かれて異世界に転生する。彼を転生させたのは、現代兵器に興味津々のちょっと危険な大賢者。その息子として慎ましくも幸せな人生を送ることになったレオは、父に倣い自らもアルケミストとして歩みだす。一方、大賢者はレオの知識をもとに世界を揺るがしかねないとんでもない魔法を開発していた。先制発見、先制攻撃、先制撃破――現代兵器の戦術理論を応用した、反撃不能の「兵器魔法」が起動する時、少年レオは無敵の力を手にする!

定価:本体1200円+税　ISBN 978-4-434-21193-5

illustration:トリダモノ

大人気ファンタジー
待望のコミカライズ!!

謎の声に導かれ、異世界に召喚されてしまった田神悠介。
単なるゲーム好きの青年だった彼に与えられた運命は、
この世界の「災厄の邪神」になること!?
武器強化・地形変動・味覚操作などなど、
「カスタマイズ・クリエート」能力を得た悠介が、
仲間たちと共に、混沌とした異世界に変革を起こす!!

B6判　各定価：本体680円+税

佐竹アキノリ（さたけあきのり）
試される大地出身。2013年頃からWeb上で小説を書き始め、大学で学んだ制御工学の知識を生かした「異世界を制御魔法で切り開け！」が好評を得る。同作で「第7回アルファポリスファンタジー小説大賞」特別賞を受賞し、出版デビュー。

イラスト：天野英
http://kunokaku.web.fc2.com/

本書は、「小説家になろう」（http://syosetu.com/）に掲載されていたものを、改稿のうえ書籍化したものです。

異世界《いせかい》を制御《せいぎょ》魔法《まほう》で切《き》り開《ひら》け！ 2

佐竹アキノリ

2015年 11月 2日初版発行

編集－宮坂剛・太田鉄平
編集長－塙綾子
発行者－梶本雄介
発行所－株式会社アルファポリス
〒150-6005 東京都渋谷区恵比寿4-20-3 恵比寿ｶﾞｰﾃﾞﾝﾌﾟﾚｲｽﾀﾜｰ5F
TEL 03-6277-1601（営業）03-6277-1602（編集）
URL http://www.alphapolis.co.jp/
発売元－株式会社星雲社
〒112-0012東京都文京区大塚3-21-10
TEL 03-3947-1021
装丁・本文イラスト－天野英
装丁デザイン－ansyyqdesign
印刷－中央精版印刷株式会社

価格はカバーに表示されてあります。
落丁乱丁の場合はアルファポリスまでご連絡ください。
送料は小社負担でお取り替えします。

ISBN978-4-434-21225-3 C0093